光文社文庫

文庫オリジナル
長編ユーモア・ミステリー

氷河の中の悪魔

赤川次郎

JN285488

光 文 社

『氷河の中の悪魔』

目次

1　療　養

「ええ、そうなんです。可哀そうに、矢吹真由子《やぶきまゆこ》さんの撃たれた傷の回復が思わしくなく……。姉の由利子《ゆりこ》さんは寝ずの看病。――いえ、命にかかわるということはありませんが、少し空気のいい所――スイス辺りで療養した方がよさそうだと……」

弘野香子《ひろのきょうこ》の声は沈痛だった。「――はい。私どもも、しっかり真由子さんについて、励ましてあげたく存じます」

香子は受話器を持ったまま、

「では、どうかよろしく。――はい、こ、ま、め、に連絡を入れます」

と、頭を下げた。「失礼いたします」

電話を切ると、香子は振り向いて、

「校長先生より、じきじきに、ねぎらいとお見舞の言葉をちょうだいしました」

聞いていた、矢吹由利子、妹の「負傷中」の真由子、そして桑田旭子《くわたあきこ》はじっと香子をみている。

「今少し、真由子さんの足の治療に必要だと言ったら、一週間の滞在延長を認めて下さいました！」

香子がそう言って飛び上る。

「やった！」

「あと一週間、ヨーロッパにいられる！」

みんな飛び上って喜んだ。

足のけがなど、とっくに治っている真由子も飛び上っていた。

「——だめと言われましてもね」

と、香子は言った。「もう列車の中なんですもの」

香子は列車の中の電話で日本へかけていたのだった。

「さあ、これで安心して食事ができる」

と、旭子が伸びをする。

「ちゃんと食べてたじゃないの」

と、由利子が呆れて言った。

「皆さん！」

と、由利子の妹、真由子が声を上げた。「こうして、さらにヨーロッパで遊んでいられるのも、私のおかげですからね。忘れないで下さい！」

「威張るな」

姉の由利子が妹の頭をコツンとやった。

「いてて」

——花園学園の女子高校二年生の三人組、矢吹由利子、桑田旭子、弘野香子と、同じ中学の二年生、矢吹真由子の四人、ドイツ旅行の途上で、危うく命を落としかねない目にあって……。

しかし、死ぬわけのない四人、

「死ぬ思いを味わったということは、少なからず、心の傷として残ります。それをいやすには、休養が必要なのです」

という、香子の説得力ある説に賛同したのだった。

「ではランチをしに参りましょう」

と、香子は言った。

もう日本の列車ではほとんど見られなくなった、本格的な「食堂車」がついている。

香子がちゃんと予約しておいてくれたので、四人はしっかり、真中辺りのテーブルに案内された。

列車は、スイスへ向け、美しい峡谷の中を駆け抜けていく。

ランチとはいえ、一応コースになっている。——まあ、そうおいしいわけではないが、旅の気分で、大分味には構わなくなる。

「またスイスで変な事件に出合わなきゃいいけどね」

と、旭子が言った。

「そんな縁起の悪いこと言わないで」

と、由利子は顔をしかめた。

「今度は何かなあ」

と、真由子は面白がって、「牛に襲われるとか？」

「スイスだからって……。けがしといて、まだこりないの？」

とは言うものの、由利子もまた何だか「このまま無事にすみそうもない」という予感がしてはいたのである。

でも、それじゃいつまでたっても学校へ戻れなくなる！

香子は一人おっとりと、

「何か起るも起らないも、運命というものです」

と、悟りの境地……。

「向うに着いたら、どうするの?」

と、旭子が言った。

「駅に、ちゃんと迎えの人がみえているはずです」

と、香子が言った。

香子が「大丈夫」と請け合ってくれると、みんなホッと安心する。

「——おいしかった」

と、息をついて、由利子は、「ちょっと手洗ってくる。紅茶、頼んどいて」

と、席を立った。

食堂車の手前に、トイレと洗面台があったのを憶えていた。

食堂車を出ると——目の前に壁があった。

え? 何で?

いや、壁じゃなかった。

見上げるほど大きな男の背中だったのである。すっかり、由利子の視界をふさいでいる。

「あの——すみません」

日本語が分るとは思えないが、そこは状況と雰囲気で通じるだろう。

その大きな男が、ゆっくりと振り返った。

由利子を見下ろしているのは、一見ブルドッグみたいな、クシャクシャの顔だった。

由利子はその男が顔をしかめて怒っているのかと思ったが、そうではなく、笑っているようだと分った。

「ウエイト」

と言ったのは、「体重」じゃなくて、「待て」ということだろう。

その巨大な「壁」の脇から、向うのデッキの様子がチラッと由利子の目に入った。

男が一人、どうやらこの大男の仲間らしい二人の男にこづかれていた。

二人に前後から挟まれ、頭をぶたれたり、脇腹を拳で突かれているのは、白っぽいスーツの男で、見るからに力はなさそうだ。

メガネをかけているが、こづかれる度に顔からずり落ちて行き、ついに足元へ落っこちてしまった。

そして、こづいていた方の一人が、靴でそのメガネを思い切り踏みつけたのである。

メリメリと音がして、メガネが砕ける。

男たちは笑って、その白いスーツの男に何か凄んで見せると、「壁」を促して、デッキの向うへ行ってしまった。

大男は、由利子の方へ、「邪魔したね」と言うように肯《うなず》いて見せると、他の二人について行った。

——白いスーツの男は、頭を叩かれたりしたせいで、髪はクシャクシャ。見たところはまだ二十代かという若さ。

踏み潰されたメガネを拾うと、情ない顔でため息をついた。

そして、初めて由利子に気付いて、

「ホワット・アー・ユー・ドーイング?」

と、発音の悪い英語で訊いた。

由利子は黙って首を振ると、あわててトイレへ。——また何か妙なことに係り合うのはごめんだ!

すると、その男が言った。

「日本人?」

あまりにはっきりした日本語に、由利子はびっくりして振り返った。

「ええ」

「そうか。僕は日本に留学してたんだ」

と、男は嬉しそうに言ったが、「あ——いや、とんでもないところを見られちゃったね」

と、今度は照れたように、首をすぼめる。

「大丈夫ですか？」

と、由利子はつい訊いていた。

「うん。もちろん、メガネは『大丈夫じゃない』けどね」

冗談にするには、いささか無理のある状況だった。

「いや、一応スペアは持ってるんだよ、うん」

「お気を付けて」

「ありがとう。——僕はロベルト・ザイツ」

「矢吹由利子です」

つい、名のっていた。

「どこまで行くの？」

「インターラーケンです」

「そうか。スイスは初めて？」

「私は初めてです。友だちは何度か……」

「高校生だね？　いいね、こんなのんびりした旅で」

と言ってから、ロベルト・ザイツはちょっと笑って、「僕はどう言っても『のんびりしてる』とは言えないがね」

そして、

「じゃ、失礼。――また、インターラーケンの町で会えるかもしれないね」

「はあ」

由利子は、ロベルト・ザイツがこづかれた脇腹をさすりながら、自分たちと反対側の車両へ姿を消すのを見て、少しホッとした。

確かに冒険は嫌いじゃないが、殺されそうになるのは、あまり楽しい経験ではない。

「もう余計なことには手を出さないぞ！」

と、口に出して言うと、由利子は自分の席へと戻って行った……。

2　氷の中の顔

車を停めると、ヨハンは早くもその音を耳にした。

エンジンを切ると、谷間の静寂が車を包み込む。そして、ヨハンが車から降りると、谷の奥深いあたりで何かが割れて崩れ落ちる音がした。

「またか……」

と、ヨハンは呟いて舌打ちした。

深い谷間へ下りる狭い階段を、ヨハンは下りて行った。

木の階段は、細かい水しぶきが絶えず吹きつけて来るので、いつも濡れて、滑りやすい。いつか観光客が足を滑らせて、谷川へ落ちたら……。それがヨハンの考える最悪のシナリオである。

氷河監視員として、町のお偉方に何度も意見を述べている。この階段に滑り止めのゴムを貼り、濡れて腐りかけている所を補強する。

大した費用ではないのだが、いつも、

「そんな金は出せない」

のひと言でおしまいだ。

しつこく言えば、氷河監視員の仕事から外される。氷河をこよなく愛しているヨハンとしては、この無給のボランティアの仕事を続けたい思いもあり、いつもそのジレンマで悩む。

キーン、と頭を刺すような奇妙な音が谷間に響く。

氷河の氷が割れているのだ。

温暖化の影響は、スイスのこの小さな町も見逃してはくれない。

氷河の溶ける速度は、確実に速くなっている。それは、渓流の水量がふえることでもある。

光の差さない谷間は薄暗い。

ヨハンは大型の懐中電灯を取り出して、足下を照らしながら歩いて行く。

激しく渦巻く流れ。——あそこへ落ちたら、とても助からない。

ヨハンのように、この辺りで生れ育って、慣れている人間でも、しぶきを上げながら岩をかむ流れの上を歩いていると、足下からゾクゾクと恐怖が這い上って来る。

氷河は目に見えるような速さでは動いて来ない。そこから溶けた水が、この流れを作っているのである。

ヨハンは、階段が揺らぐような震動を感じて、思わず手すりにつかまった。

「氷だ……」

氷河から落ちた氷の塊が、水に流されて来て、この階段の脚の部分にぶつかったのである。

珍しいことではない。

ヨハンは、ライトを階段の下へ向けた。階段の下へ潜り込むような格好で、かなりの大きさの氷の塊が流れて来ている。そして、流れがその辺りで岩のくぼみに止められていて、その氷の塊も動かずに止っていた。

ライトを当てて、ヨハンは首を振ると、

「動かさないとな……」

と呟いた。

この氷の塊のせいで、階段を支える脚が破損することがある。

ヨハンは、ふと眉を寄せた。

氷の中に、何かが見えた。

何だろう？　――ライトの当て方を変えてみる。

すると突然、ライトの中に人の顔が浮かび上って、ヨハンは思わず声を上げた。

「――まさか」

そんなことがあるのか？

思い切って、もう一度覗き込んだ。

——氷の中に、人間がいた。

男だ。登山姿で、氷の中に閉じこめられている。

氷河の中へ落ち、それが長い時間かかってここまでやって来たのだ。

ヨハンも、そんなことがある、と話には聞いたことがあるが、本当にこの目で見るとは思っていなかった。

「大変だ！」

このまま、また氷が流されて行ったら、二度と見付けられないだろう。

ヨハンは、滑りそうな足下に気を付けながら、必死で階段を戻って行った……。


「いらっしゃい」

駅のホームで、がっしりした体つきの日本人が出迎えてくれた。

「上条《かみじよう》さんですね」

と、香子が握手して、由利子たちを紹介した。

「上条雄吉《ゆうきち》です。よろしく」

三十歳になるかどうか。――雪焼けした浅黒い顔は、一見無邪気に見えた。

「――トランクはこれだけですか?」

手押しの台車に、由利子たちのトランクを軽々と乗せて、「さあ、行きましょう」

と押して行った。

駅を出て、山々を見ながら通りを歩いて行くと、香子が、

「何かあったんですか?」

と言った。「町の人たちが動揺しておられるようで」

「よく分りますね」

と、上条は言った。「とても珍しいことがありましてね」

「といいますと?」

「氷づけになった死体が、氷河から流れて来たんです」

「氷づけに?」

「おそらく、山に登っていて、クレバスか何かに落ちたんでしょう」

「それで氷河に?」

「氷河と共にゆっくりゆっくり動いて来て、氷が割れ、流れに落ちたんですよ」

「じゃ、大分前の?」

「そうですね。おそらく何十年も前でしょう」

「どこかで読んだわ」

と、旭子は言った。「氷づけになっているので、死んだときのままの状態でいるって」

「そうなんですよ。——今、それを氷ごと引き上げようとして大騒ぎなんです。見に行きますか？」

そう訊かれれば、好奇心の塊の四人、

「行きます！」

と、同時に答えていた。


小型のクレーンが、ガタガタと音をたてた。

「——引き上げろ！」

と、誰かが怒鳴っている（ドイツ語である）。

町の人々が大勢集まって、その珍しい光景に見入っている。

クレーンのワイヤーが巻き上げられると、やがて大きな氷の塊が現われ、みんながどよめいた。

「運が良かった」

と、上条は言った。「やはり、見付かる運命だったんですね」

見ていた真由子が、

「危い！」

と叫んだ。

氷の塊を吊り上げていたワイヤーが、外れかけたのだ。

数メートルの高さでワイヤーが外れ、氷の塊が地上に落ちて来た。

ズシン、と地響きと共に氷の塊は地面に激突して、氷の細かいかけらが飛び散った。

「——大丈夫ですか？」

と、上条が訊く。

「ええ、何とも」

香子は、「近付いて見ても？」

と訊いたが、その間に町の人たちが一斉にその氷の塊へ駆け寄っていた。

当然、由利子たちもそれに加わる。

みんなが口々に驚きの声を上げている。

「——わあ」

と、旭子が目をみはった。「本当にそのままだ」

氷の中に、その男はいた。

「眠ってるみたいだね」

と、真由子が言った。「お湯かけたら、生き返りそう」

もちろん、あり得ないことは承知だが、確かにそう言いたくなるほど、その死体は、ついさっきまで生きていたかのようだった。

「何十年もこのままで……」

と、由利子は首を振って、「もし今でも、知ってる人が生きていたら……」

――この氷に閉じこめられた死体が、新しい四人の冒険のきっかけになるとは、このときには誰も考えていなかったのである……。

3 老女

ともかく、その男を中に閉じこめた氷の大きな塊を、運ばなければならない。

トラックがやって来たが、その荷台が重い氷に耐えられるかどうか、運転手が首をかしげていた。

「早くしてくれ」

と、ヨハンが渋い顔で、「いつまでもここに置いとかれちゃ困るよ」

「まあ待てよ。トラックを壊されちゃかなわん」

「大丈夫だろ?」

「それに、どうやってこれを荷台に載せるんだ?」

「クレーンで吊って……」

「しかし手間がかかるぜ」

「じゃ、どうしろって言うんだ」

――由利子たちは、氷の中でじっと目を閉じている男を見ていた。

氷が上ったという話が広まったのだろう、また人々がふえ始めた。

「これは大変なニュースになる」

と、上条雄吉が言った。「滅多にないことですからね」

その氷塊の周囲にはたちまち人垣ができて、気が付いたときには、由利子たちも外側へ出られなくなってしまっていた。

一人の老人が氷のそばへ歩み寄って、中を覗き込むと、声を上げた。

そばにいた人たちが口々にその老人へ何か言っている。

「中にいるのが誰なのか知っているのか、と訊いています」

と、上条が言った。

老人はもう八十歳くらいにはなっているだろう。しわの深い顔は雪焼けして、足腰はしっかりしていた。

「誰なんですか？」

と、香子が訊く。

「元ガイドだった人です。ずいぶん長く登山していて……。どうやら氷の中の男に心当りがあるらしいですね」

老人は、周囲の人の言葉など耳に入らない様子で、しばし氷塊の傍に立っていたが、やがて深く息をつくと、

「アドルフ!」

と言った。

「アドルフ……。そういう名前なんですね、きっと」

そのとき、人垣をかき分けて、誰かが氷塊の方へと近付いて来た。

「マックス」

と、元ガイドの老人へ呼びかけたのは白髪の老婦人で……。

「日本人みたい」

と、旭子が言った。

「ええ、日本の人です」

と、上条が肯いて、「この町で、山荘を経営しています」

おそらく七十歳近いだろうと思えたが、その老婦人は真直ぐに背筋も伸び、細身ながらしっかりした体つきだった。

元ガイドのマックスという老人が、彼女の肩をつかんで、何か話している。

老婦人が一瞬よろけた。

しかし、すぐに気を取り直した様子で、しっかりした足取りで氷塊の方へと歩み寄り、覗き込んだ。

老婦人の頬にサッと赤みがさした。

「アドルフ……」

と、彼女は呟くように言って、固い氷の表面に手を当てた。

そして日本語で、

「寒かったでしょうね」

と、呼びかけるように言った。「可哀そうに……」

「桃井《ももい》さん」

と、上条が話しかけた。

「ああ……。あなたもいたの」

「この男性をご存知ですか」

「ええ」

と肯いて、「この人はアドルフ・メッツナー。私の婚約者だった人です」

「それは……」

「雪山へ入って、遭難し、戻って来ませんでした。今日までは」

「いつごろのことです？」

「そう……。ちょうど四十年前のことです」

「四十年！」

思わず由利子が口に出して言うと、

「あら。——日本の方？」

「ええ。ついさっき着かれたんです」

と、上条は言った。

「ようこそ。——桃井陽子《ようこ》よ」

「初めまして」

と、香子が挨拶して、他の三人を紹介した。

「どちらにお泊り？」

と、桃井陽子が上条に訊く。

「ホテルSに……」

「あそこは一番便利ね」

「桃井さん」

と、香子が言った。「あなたの山荘に泊めていただくことはできますか」

桃井陽子は、ちょっとびっくりしたように、

「それはもう……。泊っていただくためにやっているのですもの。でも、ホテルSほど便利ではないのよ」

「構いません」

と、香子は言って、「お姉様。よろしいでしょう?」

「うん、別に……」

「じゃ、上条さん、申しわけありませんが」

「分りました」

上条も、四人が桃井陽子の山荘の方を選んだのが嬉しいようだった。

しかし、由利子には、どうして香子が急に泊り先を変えたのか分らない。

「香子」

と、そっとつついて、「どういうことなの?」

「事前にご相談せず、申しわけありません。ただ、ちょっと気になることがあったものですから。そのことは後でまたご説明いたします」

「あ、そう……」

まあ、もともとホテル代もすべて香子の家で持ってくれているのだから、由利子としても

文句を言う立場ではない。

しかし――「ちょっと気になること」がある、という程度のことから、命がけの冒険に巻き込まれることの珍しくない由利子たち。

今回も何か起るの？

由利子は、答えられる人がいれば訊いてみたかった。

「――上条さん」

と、桃井陽子は言った。「すみませんけど、私、もう少しここにいたいの。このお客様方を先に〈フィオレ〉にご案内して下さる？」

「分りました」

と、上条は肯いて、「では行きましょう。〈フィオレ山荘〉へ」

「ちゃんとホセがお相手をします」

と、陽子は言った。

「承知しています。ご心配なく」

――由利子たちは、上条について氷塊のそばを離れた。

人垣の間を抜けようとして、由利子はチラッと振り返ってみた。

あの桃井陽子が、氷塊の傍に膝をついて、じっと祈りを捧げているようだった。

——四十年間、あの女性は恋人がいつかこうして現われるかもしれないと待っていたのだろうか。

いや、遭難したといっても、遺体がなければ、

「もしかしたら生きているかもしれない」

という気持を捨て切れなかったかも……。

それは残酷なことだ。

「お姉様、どうしました？」

と、香子に言われて、

「何でもない」

と、由利子は急いで歩き出したのだった……。

4 仲間

あれこれもめた挙句、やっと氷塊はクレーンでトラックの荷台に乗せられ、運ばれて行った。

集まっていた町の人々も、色々おしゃべりしながら散って行く。

——桃井陽子は、最後までその場にとどまっていた。

そして、周囲に人がいなくなると、フッと夢から覚めたような表情になって、ゆっくりと歩き出した。

歩きながら手はポケットからケータイを取り出していた。

ボタンを押すと、

「——もしもし」

と、日本語で言った。

「陽子？」

と、女の声が答えた。「ずいぶん久しぶりね。元気?」

「何とかね。今はどこ?」

「ジュネーヴよ。昨日から見本市があってね」

「邪魔して悪いんだけど」

「平気よ。どうしたの?」

「アドルフが見付かった」

しばらくの間、無言だった。

陽子は、

「もしもし、明美《あけみ》、聞いてる?」

と言った。「返事してよ、聞こえてるのなら」

「聞こえてるわよ。まだ耳は遠くなってない」

「それならいいけど」

「びっくりしたのよ。見付かった、ってどういうこと?」

「クレバスに落ちて、どこをどう通ったか、氷河に運ばれて流れついたのよ」

「陽子……。じゃ、あんたも見たの?」

「ええ」

「じゃあ……アドルフは……」

「昔のままだったわ。四十年たっても、ちっとも年齢《とし》を取ってない。私たちとは違ってね」

「そうなの……。で、今、アドルフはどこ？」

「氷の大きな塊ごと運ばれて行ったわ。氷を溶かして、遺体を取り出すんでしょ」

「四十年もたって……。そんなことが本当にあるのね！」

また少し間が空いて、

「——陽子。それで、どうするの？」

「私、また一度集まってほしいんだけど。どうかしら。明美はどう思う？」

「そうね。——アドルフはあなたの婚約者だったんだから」

「来てくれる？」

「いいわよ」

「ありがとう、明美！」

「でも、この見本市が終るまで待ってね。あと三日なの」

「そんなにすぐには、誰だって無理よ」

と、陽子は言った。「まだこれから他の人に連絡するんだし」

「じゃ、私が第一号？」

「ええ、そうよ」

「光栄だわ。じゃ、日取りが決ったら連絡して」

「メールを送るわ」

「待ってる。――陽子」

「何？」

「ともかく――帰って来て良かったわね、アドルフが」

「そうね」

それじゃ、また、と通話を切って、陽子は足を止めた。

明美にかけるときは、正直なところドキドキものだった。

明美はドイツ人の夫とミュンヘンで暮している。ドイツと日本の出版社の仲介をして、翻訳の出版企画を手がけていた。

明美は確か陽子より三つ年下だから、今六十五歳か。しかし、仕事をしているので、至って元気で若い。

その明美から、

「四十年も前のこと、むし返してどうするの？　やめなさいよ！」

とでも言われたらどうしよう。

そう考えて不安だったのである。

しかし、明美が快く賛成してくれて、陽子は緊張が解けた。

「——グーテンターク」

途中のホテルのコーヒーラウンジに入ると、陽子はコーヒーを一杯飲んで行くことにした。

少し気持のたかぶりを鎮める必要があったのだ。

席に落ちつくと、周囲のテーブルへ背を向ける格好で座り、再びケータイを取り出した。

「もしもし」

「どなた？」

と、男の声がした。

違う。こんなに若い声のはずがない。

「坂本《さかもと》さんのお宅？」

と、陽子は言った。

「そっちは誰？」

「桃井というの。坂本さんにそう言ってもらえれば分るわ」

しかし、相手は陽子の言葉をまるで信じていないようだった。

「用は何？　電話には出ないんだ、彼は」

「桃井陽子と言って！　そう言えば、必ず出てくれるから」

「用件を言ってくれりゃ伝えるよ」

陽子もいささか苛々し始めたが、そのとき、

「どこからだ？」

という声が洩れ聞こえた。

遠い声でも分る。坂本だ。

「日本からだよ。桃井とかいう女」

「――桃井？　桃井陽子か？」

さっきからそう言ってるでしょ！

「もしもし、陽子か？」

「久しぶりね」

と、陽子は言った。「今の人、誰？　あんまり感じがいいとは言えないわ」

「すまんすまん」

と、向うは笑って、「今の僕のパートナーでね。伸也《しんや》という子だ」

「シンヤ？」

「ああ。今、二十一歳。若いだろ」

「なるほどね」

「彼なりに、僕の役に立とうとしているのさ。何しろ、このところ日本のマスコミがやかましくてね」

「話題になってる? 結構じゃないの。もう、とても私たち、あなたの絵には手が出ないわ」

「昔の仲間のためなら、いくらでも安くするよ」

と、坂本は言った。「ところで、どうしたんだ、突然?」

「ええ、実はね……。アドルフが発見されたの」

「何だって?」

「氷に閉じこめられた状態でね。四十年前そのままの姿で」

「それは……本当かい?」

「嘘ついてどうするの」

「すまん。そんなつもりじゃ――」

「この目で見たわ。間違いなくアドルフだった」

少しの間、坂本は黙っていたが、

「――陽子」

「え？」

「今、そのアドルフはどこに？」

「さあ……。ともかく一旦警察が調べるんで、持って行ったと思うわ」

「待ってもらえないだろうか？」

「待つ、って何を？」

「彼を氷の中から取り出すのを、少し待ってくれないかと訊いてくれ」

「どうして？」

「描きたい」

「何ですって？」

「氷の中のアドルフを描きたい。そんな姿を現実に見られる機会など二度とないだろう。お願いだ」

——陽子は、坂本を怒鳴りつけてやりたかった。

アドルフを描きたい。珍しい姿だから。

それはあまりに陽子に対して思いやりのない言い方だった。

しかし、陽子は思い直した。

坂本は画家だ。それも「芸術家」と、陽子自身も認めている。

芸術こそが、坂本にとっては何よりも優先するのだ。それは仕方のないことだ。

「――気持は分るわ」

と、陽子は穏やかに言った。「でも、警察にそんな大きな冷凍庫はないでしょ。それに氷が溶けない内に描くとしたら、あなたも寒さの中で描くことになる。あなたはアドルフと違って生きてるわ。凍死するわよ」

「そうか……」

「警察が写真を撮ってるでしょう。それを借りてあげる」

「ああ、それはありがたい。頼むよ」

と言って、坂本は、「で、どうするんだ？」

と訊いた。

「また集まれない？　四十年前のように」

「いいね」

と、坂本は即座に言った。「いつ？　どこで？」

5　山荘にて

町の外れに、その山荘はあった。

町の中心に出るには、少し不便かもしれなかったが、もともとそう広い町ではない。

「洒落《しゃれ》てる！」

と、真由子が声を上げたように、〈フィオレ山荘〉は山小屋風の作りで、町の中心部のホテルと比べればもちろん小さいが、その分、周囲や背景の山々の風景に、ごく自然に溶け込んでいた。

「さあ、荷物は僕が」

上条雄吉が、四人のスーツケースを軽々と台車に載せた。

「――いらっしゃい」

と、日本語で言いながら出て来たのは、髪のすっかり薄くなった長身の男性だった。

「やあホセ」

と、上条が握手して、「日本からのお客さんだ」

「陽子から電話があったよ。ホテルSを振って、〈フィオレ山荘〉へ来てくれたとか？　すばらしい！」

ややアクセントは妙だが、上手な日本語だった。

「大歓迎だ。――さあ、お手数だが、宿泊カードの記入を。それとパスポートを拝見できるかな」

上条が手伝って、チェックインの手続きをしていると、

「いらっしゃい」

と、明るい女性の声がした。

こちらは髪の黒い、ほぼ日本人の外見の若い女性だった。二十四、五というところだろう。

ジーンズのラフな格好が、この山荘には似合っている。

「私は野沢由加《のざわゆか》です。この山荘の事務手続など、私が一切やっています。何でもおっしゃって下さいね」

「どうぞよろしく」

香子が一同を紹介する。

「部屋はお二人ずつでよろしい？　じゃ、眺めのいい所にしましょうね」

と、野沢由加はフロントのカウンターの中へ入りながら言った。

「由加、聞いたかい？」

と、上条が訊く。

「アドルフのこと？　ええ、もちろん」

と、由加は言った。「ね、お父さん」

由加が呼びかけたのは、ホセだった。

「どうかしたか？」

「そうじゃないけど——行っていいわよ。後は任せて」

「しかし由加、陽子は……」

と、ホセはためらっている。

「心配ないわ。陽子さんだって分ってるわよ」

と、由加は言った。「アドルフは、お父さんの親友だったんでしょ？　会って、会って来るべきだわ」

由加の言葉に、ホセはホッとしたように微笑《ほほえ》んで、

「ありがとう、由加」

と肯いた。「じゃ、上条君。後は由加がやるから」

「ええ、分りました」

ホセが急いで仕度をして出かけて行く。

「――皆さん、アドルフを見たんですってね」

と、由加が由利子たちに言った。

「はい」

由利子が肯いて、「もう四十年もたつそうですね」

「ええ。だから、もちろん私は知らないの。父は親しかったようだけど」

「ホセさんはお父様なんですか」

と、香子が訊いた。

「ええ。私は父が四十七歳のときの子なの。ときどき孫かと思う人がいて、父は機嫌が悪くなるわ」

と、由加は笑って言った。「さあ、それじゃお部屋へご案内しましょうね」

山小屋風の作りとはいえ、一応のんびりと動くエレベーターがある。

上条が手伝って、荷物も運んでくれた。

隣り同士の二部屋で、もちろん由利子と真由子の姉妹が〈201〉、香子と旭子が〈202〉だった。

部屋へ入ると、由利子は正面の広い窓へと歩み寄った。

「すてきな眺め！」

と、思わず声を出す。

雪をかぶって鋭く尖った峰が、真正面に見上げられる。

「多少不便でも、この風景があれば許せるだろ？」

と、上条も窓の所へやって来た。

「ええ、本当に」

と、由利子が肯く。

「じゃ、少しゆっくりしてね」

と、由加が言った。

そのとき、由加のポケットでケータイが鳴った。

なぜかハッとした様子の由加は急いでケータイを取り出して出ると、

「――もしもし。――今はだめよ、和男《かずお》」

由加は急いで部屋を出て行った。

上条が由加の出て行ったドアの方をじっと見ている。

話しかけようとして、由利子はためらい、思い直した。

「和男」という名前を、上条が明らかに知っていて、面白く思っていないことが、一目で分ったからだ。

そうか。――上条は野沢由加のことが好きで、由加が「和男」という男と付合っているので、傷ついている……。

あまり、恋愛については詳しくない由利子だが、それくらいのことは察しがついた。

やがて上条はハッと我に返った様子で、

「あ、ごめん。――何か言ったかい？」

と訊いた。

「いいえ、別に」

「そう。じゃ、僕はこれで。夕食はここで食べるといい。おいしいよ」

「ええ、そうします」

「それじゃ、明日の朝、ここへ来るから」

「よろしく」

上条はニッコリ笑って、出て行った。

旭子が部屋を見に来て、由利子も香子と旭子の部屋を覗く。

広さはほぼ同じだが、少し内装なども変えてある。

——由利子は、今の上条の様子を、香子へ話してやった。

「お姉様も、そういうことにお気が付かれるようになられたんですね」

と言われて、喜んでいいのやら……。

四人は、一通りスーツケースの中の物を出したりして、そこへ由加が、

「紅茶をいれたわ。どうぞ」

と、声をかけてくれた。

四人が下りて行くと、広いスペースの居間に、本物の暖炉があって、火が燃えている。

「どうぞ。ゆっくり寛いで」

と、由加が言った。「この時期はお客も多くないから。今夜の食事はここで？　——じゃ、しっかり用意させておくわ。アレルギーがあったら、聞いておくわね」

香子は暖炉の上にかかっている大きな絵に目をやった。

「あれはどなたのお作ですか？」

正にアルプスの氷河が大蛇のように雪山の間をうねっている様が描かれている。

「いい絵でしょ？」

と、由加は言った。「日本人の画家で、大村哲才《おおむらてつさい》という方の絵なんです。この町に、もう十年以上住んでおられるの」

「そうですか」

「よく、この〈フィオレ〉で食事をなさるのよ。もしかしたら、今夜もおいでになるかも」

由加は、四人に紅茶とクッキーを出してくれた。そしてフロントの電話が鳴ったので、居間を出て行った。

「——おいしいね！」

と、真由子がクッキーをつまんで、嬉しそうな声を上げた。

「お姉様」

と、香子が由利子の方へ、「『和男さん』とおっしゃるのは、この絵の画家の大村哲才という方の息子さんか何かではないでしょうか」

「どうしてそんなことが分るの？」

「絵を賞められたときの、ちょっと得意げにしていらした様子は、お身内か、特に親しい方のもののようにお見受けしました」

香子にそう言われると、由利子もそんな気がしてくる。

由加が居間へ戻って来た。少し難しい顔をしている。

「皆さん、実は……」

と、ためらいがちに、「皆さんのご覧になったアドルフですが……」

「どうしたんですか？」

と、旭子が訊いた。

「今、ここの警察からで、氷から取り出したら、すぐ火葬にすると……」

「火葬に？」

と、由利子はびっくりして、「せっかく昔のままで見付かったのに……」

「でも、氷から取り出すと、もう体が崩れて、見るに耐えない姿になるそうで……。それよりいっそ火葬にした方が、ということです」

「陽子さんもご存知なんですか」

と、香子が訊いた。

「ええ。連絡が行って、火葬場へ向っているそうです。もし――ご迷惑でなければ、皆さんも一緒に行って、冥福を祈ってやって下さい」

「もちろんです」

と、香子が肯いて言った。「ね、お姉様」

言われなくても行くつもりの由利子だった。

6 衝撃

由利子たちが、由加と一緒に火葬場に着いたときには、もう遺体は炉の中へ入れられていた。

「待っていられなかったの」

と、桃井陽子が言った。「――皆さんも、ごめんなさい」

「とんでもない」

と、香子がていねいに、「ご縁があったのだと思います。呼んで下さって感謝しています」

「しばらくかかるわ」

と、陽子は涙を拭った。

「陽子さん、父は？」

と、由加が訊く。

「一緒にいたけど、出て行ったわ。そばにいたくないんでしょうね、親友が骨になるかと思うと……」

「分るわ」

由加が肯く。「陽子さん、最後に――見たの？」

「会ったわ」

と、陽子は言った。「向うからも笑いかけてくれるようだった。――良かったわ」

香子は、炎が唸りを上げる炉へ向って手を合せた。

――ほぼ二時間近くたって、やっと火は消えた。

「日本のように、お骨を拾うということはないわね」

と、陽子は言った。「でも骨壺に入れて、お墓に入れるのは同じ」

炉から金属の台が引き出されると、細かく砕けた骨が熱を放っていた。

「――儚《はかな》いものね、人間も」

と、陽子がため息をつく。「もうじき私もこうなるんだわ」

「陽子さん、やめて。そんなこと聞くと、私たちまで悲しくなる」

「ごめんなさい」

陽子は微笑んで、由加を抱きしめた。

係の男が壺を持って来て、骨を中へ入れ始めた。

「待って下さい！」

突然、鋭い声が響いた。香子である。

「香子、どうしたの？」

「今、何か光る物が……」

香子が金属の台に近付くと、覗き込むようにして、「――由加さん。見て下さい、ここを」

「え？」

歩み寄って、由加は香子の指さす方へと目をやったが――。少しして、

「まさか！」

と、声を上げた。

「どうしたの？」

「陽子さん。――お骨の中に……」

由加は指先で白く粉になった骨を払いのけた。――そこには金属の破片が光っていた。

「これは……」

「ナイフの刃先ですね」

と、香子は言った。「アドルフさんの体に残っていたんでしょう。半分に折れた状態で」

しばし、誰も口をきかなかった。

やがて、陽子が係の男に何か言って、男があわてて駆けて行った。

「警察署長を呼んでもらったわ。——ナイフの刃先が体に残ってたってことは……」

「誰かに刺されたってこと？」

と、由加が目をみはって、「アドルフは殺、、、されたの？」

「そうとしか思えない」

陽子の表情が固くこわばっていた。「あの雪山で、アドルフが殺されたとしたら、やったのは一緒に登っていた仲間の誰かだわ」

由加はふと気付いたように、

「父も一緒だったんでしょ？」

と言った。


「すっかり遅くなってしまって、ごめんなさい」

と、陽子が料理を出しながら言った。「お腹が空いたわよね」

「いえ、ちっとも」

と、真由子は言った。

「あんた、さっきからパンばっかり三つも食べてるわよ」

と、由利子が言った。

「——ご一緒していいかしら」

と、陽子は言った。「本当はお客様と一緒のテーブルなんて、おかしいんだけど」

「ぜひ一緒に」

と、香子は言った。「これも何かのご縁です」

「ありがとう。——あなたって、本当に大人のようね」

「とんでもない。ただの子供です」

と、香子は言った。「ただ、自分が子供だと知っているだけです」

「自分を知っているなんて、偉いことだわ」

と、由加が一緒のテーブルについて、「私なんか、今でもさっぱり分らない」

「分らないわ、人間って」

と、陽子が首を振って、「まさか、あのホセが……」

と言いかけ、急いで、

「ごめんなさい。まだ何も分っていないのにね」

「いいえ」

と、由加は言った。「何も係っていなければ、姿を消したりしないわ」

「今はやめましょう。お客様のお食事の時間よ」

陽子はそう言って、ナイフとフォークを取り上げた。

――アドルフ・メッツナーの遺灰からナイフの刃が見付かったことは、アッという間に町中に知れ渡った。

一緒に登山していたのは誰だ？

――誰もがその話でもちきりになっていた。

そして、ホセ・野沢がその一人だったことは確かだったのである。

ホセは火葬が始まるとき外へ出て、それきり姿を消していた。

娘の由加にとっては辛い状況である。

食卓も、何となく沈んだ空気だったのは仕方あるまい。

それでも、料理の後にデザートが出て、大分雰囲気もほぐれて来た。

「誰かフロントに」

と、ベルの音を聞いて、陽子が腰を浮かす。

「私が行くわ」

と、由加が素早く立ち上って、フロントへと出て行った。

「――もう四十年たっているんですものね」

と、陽子は言った。「事実が分っても、罰せられることはない。ホセに本当のことを話してほしいわ」

「何か、アドルフさんを殺すような理由があったんですか?」

と、由利子が訊いた。

「見当もつかないわ。あのときの仲間は、みんな親友同士だった。いえ、そう思っていたわ」

そこへ由加が戻って来て、

「陽子さん。大村先生が……」

白いひげを顎にたくわえた色の浅黒い老人がやって来た。老人といっても、ずいぶん逞しい。

「陽子さん! とんでもないことだったね」

「先生。——でも、アドルフに会えましたから」

「聞いたよ。しかし、思いもかけないことで……」

「由加さんは——」

「大丈夫。息子と一緒だ」

これが大村哲才。そして「息子」が和男だろう。

由利子と香子はチラッと目を合わせた。

7 最初の夜

「申しわけありません」

と、香子が頭を下げると、ソファでコーヒーを飲んでいた桃井陽子は当惑したように顔を上げた。

「何のこと？」

「私が、あのとき、遺灰の中の金属片に気付かなければ……。あのせいで、皆さんが苦しむことになったと思うと」

夕食後、コーヒーを居間で飲んでいるときだった。

野沢由加は、あの画家、大村哲才と、その息子、和男の二人を連れて、別室へ行っていた。

「そんなことをおっしゃらないで」

と、陽子は穏やかに、「真実が明らかになっただけ。あなたが謝ったりする必要はありませんよ」

「でも……」

「それに、あなたはお客様。私たちに、そんな風に気をつかわないで」

陽子にすすめられて、香子は並んで腰を下ろした。

「コーヒーは？　新しいのをいれましょうね」

「いただきます」

と、香子は言った。

陽子が居間を出て行く。

「香子、どうしたの？」

と、由利子がやって来る。

「どうも気になることが……」

と、香子が表情を曇らせる。

「そんなこと、香子のせいじゃないよ」

「分っています。見付けてしまった以上、今さらどうしようもありませんし」

「そうだよ。香子が見付けなくたって、他の誰かが見付けたかもしれない」

「あまりそうとも思えませんが……」

「まあね……」

由利子としても、他に言いようがなかった。

――真由子は、居間で紅茶をもらっていたが、大分眠気がさして来て、欠伸《あくび》をかみ殺していた。

真由子は立って居間を出ると、廊下の奥のトイレに行って、冷たい水で、思い切り顔を洗った。

これで少しは目が覚める。

トイレを出ようと、扉を押そうとしたとき、廊下での話し声が聞こえて来た。

「馬鹿め！　それでも男か！」

と怒っているのは、あの大村哲才という画家である。

「でも、いやだと言われたら……」

と、言いわけしているらしいのが息子の和男だろう。

「そう言っても、女は求めているものなんだ。強い男をな。少しぐらい強引でなくてどうする！」

「でも、彼女――腕力も強くて、とってもかなわないよ」

「誰もレスリングをしろとは言わん。ま、似たようなもんだが」

「ともかく、こんなときに、って叱られちゃったんだ」

「情ない奴だ！」

——聞いていた真由子の方が呆れた。

あの画家は、どうやら息子に、野沢由加を力ずくで「ものにしろ」と言っているらしい。

口ではいや、と言っても、女は強い男を求めているものだ……。

一体何十年前のセリフ？

画家としての腕はともかく、人間的にはおよそ「だめおやじ」らしい。

真由子は出て行って、

「あんたたち、馬鹿じゃない？」

と——言ってやりたかったが、やはり真由子は中学生。

いい年齢《とし》の男が、中学生の女の子に意見されて、

「ごもっともでございます！」

と、頭を下げるとも思えなかったので、やめておいた。

しかし、廊下での父と息子の会話は、いやでも聞こえてくる。

「よく考えろ。この山荘の土地が手に入るんだぞ」

「分ってるけど……。土地なんて、面倒くさいよ」

と、和男が言った。

「馬鹿めが！　土地は売れるのだ」

「でも、このホテルは？」

「一旦、お前のものになれば、どうしようと誰にも文句など言わせるものか」

「じゃ、ホテルはやめるの？」

「こんな、部屋数の少ないホテルでは、上る利益はたかが知れておる。アメリカのホテルチェーンが、ずっとこの土地を狙っているのだ」

「へえ……」

「あの桃井陽子は頑固だからな、絶対にその話を断り続けて来た。お前がこの土地を継いだら、売って、その金で何か商売を始めてもいいし、新しくできるホテルを経営して、利益を半々にしてもいい」

「でも、父さん……」

「何だ」

「彼女はそんなこと承知しないよ」

「当り前だ。そこは考えてある」

「どういうこと？」

「それは——」

と言いかけた大村は、「やあ、これは陽子さん。――いや、息子と、成り行きを心配しておった」

「ご心配かけて」

「いやいや……」

話し声が遠ざかって行く。

「――もうちょっと聞きたかったな」

と、真由子は悔しかったが、「ともかく、ビッグニュースだ！」

真由子はすっかり眠気が覚めていた……。


「お疲れさまでした」

ホテルのロビーで、日本人観光客のグループと別れると、上条雄吉はホッと息をついた。

「ご苦労さん」

ホテルのフロントの男性がニヤリとして声をかける。

「どうも」

上条はちょっと手を上げて見せた。

「一杯やって行けよ。バーテンはパウルだ」

「ありがとう」

顔なじみのバーテンで、ビールを一杯、いつもおごってくれる。

上条はバーに入った。

こういうリゾート地のホテルでは、バーといっても、そう遅くまで開いていない。

「やあ、ジョー」

パウルは上条のことを、いつも「ジョー」と呼ぶ。

「いつものを頼むよ」

と、上条はカウンター前のスツールに腰をおろした。

「――今日は大変だったな」

と、大きなジョッキにビールを一杯に注いで、上条の前に出す。

「長い一日だったよ」

と言って、上条はビールをゴクゴクと喉を鳴らしつつ、半分近くも飲んだ。「――旨い!」

口の周りの泡を手の甲で拭き取ると、大きく息をつく。

バーテンのパウルが「大変だった」と言っているのは、もちろんアドルフ・メッツナーの死体が見付かったこと、そして、その死体からナイフの折れた刃先が見付かったことだ。

「パウル」

上条は、他の客に聞こえないように小声で、「ホセの消息、何か聞いてないか？」

「いや、さっぱりだ」

と、パウルは首を振った。

「そうか……」

上条は気が重かった。

何といっても、ホセは野沢由加の父親である。

もちろん、ホセ自身とも親しい。あのホセが人を殺した？

しかも、桃井陽子の婚約者だったアドルフを……。

そんなことがあるわけはない。

「由加……」

と、上条は呟いた。

上条は由加を少女のころから知っている。

四つ年上の上条のことを、「お兄ちゃん」と呼んで、妹のように付合っていた。

しかし、上条は由加の兄ではない。——由加が大人になるにつれ、上条の中には由加への思いがつのって行った。

だが——会えばつい、「兄妹のように」振舞ってしまう。どうしても「男と女」にならないのだ。

そこへ、あの大村という画家の息子、和男が現われた。

上条から見れば、「浮わついた都会のプレイボーイ」にしか見えない。まあ、多少の偏見はあるだろうが。

その「都会的」なところが、由加の目には新鮮で、魅力的に映っているのだろう。

由加と和男が親しくなっていくのを、上条は、やり切れない思いで見ているしかなかった。

といって、上条自身、ここでガイドをするだけの収入では、とても由加と結婚して一家を構えることはできなかった。

しかし、今日の出来事で、この事態がどう変るか……。上条には見当もつかなかった。

「——ごちそうさん」

ビールを飲み干すと、上条はパウルに声をかけて、ホテルを出た。

ホテルから歩いて数分の所に、小さな部屋を借りている。

「明日も早いな……」

観光客を連れて、簡単なハイキングだ。

天気は悪くなさそうだ。

上条はドアの鍵を開け、中へ入ると、明りを点けた。

「やあ、上条君」

という声にびっくりした。

部屋のソファベッドに寝転んでいたのは、ホセだったのである。

8 暴力

「本当に聞いたの？」

由利子は、なかなか真由子の話を信じようとしなかった。

「私が嘘ついてるって言うの？」

と、真由子がふくれている。

「そうじゃないけど……。居眠りしてて、夢見てたんじゃない？」

「違うよ！」

「まあ、冷静に」

と、香子が割って入った。「真由子さんも小さな子供ではないのですから、夢だということはないでしょう」

「そうだよ！」

——由利子と真由子の泊る部屋である。

香子と旭子もやって来ていた。

「ただ、もし大村和男が野沢由加さんと結婚しても、ここのオーナーは桃井陽子さんですものね。どうして、この土地が手に入ることになるのでしょう？」

「そこだよ」

と、由利子は言った。

「そんなこと知らないけど、そう話してたんだもの」

「何か、私どもの知らない事情があるのですね、きっと」

と、香子は言った。「――さあ、もうやすみましょう。明日は山ですし」

「天気がいいといいね」

と、旭子が言った。

明日は、ここから登山列車で、ユングフラウヨッホへ上る。約三千五百メートルの高さの展望台へと、登山列車で上って行ける。

「じゃ、おやすみ」

と、旭子と香子が、もう一つの部屋へと引き上げて行った。

「オットー。あなたなの」

と、明美は言った。

「ああ」

明美は夫の声だけを聞いて、

「遅かったわね」

と言いつつ、指は辞書のページをめくっている。

「ああ……」

「何してたの？　また飲んでたんでしょう」

明美は、日本の小説をドイツ語で翻訳出版するための、シノプシス作りをしていた。翻訳そのものは専門の人間に任せるが、まず出版してくれる所を捜すために、あらすじをドイツ語で作成するのだ。

「――陽子から電話でね。大変だったのよ」

と言って、初めて顔を上げると、「オットー！　どうしたの！」

と、声を上げた。

オットーが顔を血だらけにして、ドアの所にもたれかかって、やっと立っていた。

明美は、急いで駆け寄ると、

「こっちへ来て。――ソファに。さあ」

オットーは呻き声を上げながら、

「そっとしてくれ……。痛いんだ」

と言った。

「どうしたの？　救急車を呼ぶ？」

「いや、それはやめてくれ」

オットーは強い口調で言って、首を振った。

「オットー、あなた……。殴られたのね」

明美は血の気のひくのを覚えた。

「ああ……」

「また？　――あなた、まだあの連中と付合ってたの？」

明美は表情を固くこわばらせた。

「すまん……」

オットーは目をそらして、「実は――仕事が失くなったんだ」

「何ですって？」

「六十過ぎの人間なんか、使ってくれる所はない」

「いつのこと？」

「二か月前だ」

「どうして黙ってたの!」

「言いにくかった。——すまない」

明美は何とか言葉をのみ込んで、

「それで、また連中と?」

「クビになって、昼間も行く所がなく、バーで飲んでると、あいつらが……」

「もうこりたはずよ」

「分ってる。分ってるんだが……。金になる仕事がある、と言われて。絶対安全だから、と……」

「そんなこと、いやになるほど聞かされていたでしょう?」

「そうなんだが……。うまくいったんだ。三回目までは何も問題なかった」

と、オットーは深く息をついて、「金ももらった。一回で、三か月分の給料以上だ」

「オットー……」

「もうこれで最後にしようと……。そのつもりで、今日四回目を……」

「何をしたの? 麻薬?」

オットーはしばらくためらっていたが、やがて小声で、

「女の子たちだ……」

と言った。

「何てこと！」

「すまん」

オットーは目に涙を浮かべていた。「失敗した。他のグループに女の子たちを連れて行かれて、金も奪われた」

「それで殴られたの？」

「うん……。一週間以内に金を作らないと、殺される」

オットーは震えた。

「オットー……。しっかりして」

明美はオットーの手をしっかりと握った。「いくらなの？」

「とても無理だ」

「いくら？」

「――十万ドル」

「十万……。アメリカドルね」

大金だ。今の明美ではその三分の一も作れまい。

「すまん、アケミ……」

「オットー……。老後のためのお金が必要なのは分ってる。でも、そんなうまい話はないのよ」

「ああ……」

「待って」

明美は立ち上ると、「ともかく手当しましょう。このままじゃ……。骨折は？」

「大丈夫だ」

明美は、タオルを濡らして来ると、鼻血で汚れたオットーの顔を拭った。

「さあ、服を脱いで。――シャワーを浴びて来て。着替えを出しておくわ」

「すまない」

オットーはゆっくり起き上ると、バスルームの方へ、力ない足どりで歩いて行った。

明美は、夫の着替えを出してソファの上に置くと、

「十万ドル……」

と呟いた。

土地も家もない身で、誰も十万ドルというお金など貸してくれまい。

しかし、あの連中にそんな言いわけは通じない。オットーは間違いなく殺される。

「どうしよう……」

明美は頭を抱えた。

まともな仕事で、とても十万ドルは稼げない。といって、悪事に手を染めることなど、自分にはできない。

明美は、ふと仕事机へ目をやった。

――メモがある。

あの桃井陽子が知らせて来た、驚くべき出来事。

アドルフは殺されていた！

ナイフの折れた刃先が見付かったとは……。

「もしかしたら……」

明美はある考えが頭をよぎるのを感じた。

もちろん、してはならないことだ。

だが……。

バスルームから、オットーがシャワーを浴びる音が聞こえて来た。

9　憎しみ

およそ伸也には、人目を避けている様子はなかった。

そのとき、坂本はそのホテルのロビーで、ある新しいビルの壁画を描く仕事について、依頼人と話していた。

「そうですな」

坂本は、あまり乗気でない様子で、「お分りと思うが、この年齢になると、大きな壁画というのは、かなりの重労働でして」

「いや、それはよく承知しております」

と、相手も必死である。「ですが、このビルは日本のいわば〈顔〉とでも言うべきものになります。設計も、造園も、日本の超一流の方々にお願いしてあります。そこに坂本先生が加わって下されば、正に日本の巨匠が勢揃いするわけで――」

「いや、やりたくないと言っているわけではありませんよ。しかし、今の私は、従来の作品を一枚売れば、充分に二、三年食べていける」

「はあ」

「お金の問題ではなく、自分の寿命を削るような仕事ですから……」

「それはもう充分に分っております」

——正直、「お金の問題」なのだった。

坂本としては、支払いのいい壁画の仕事は逃したくない。

といって、話に飛びつくように思われたくなかった。

何といっても、俺は「巨匠」なのだ！

「まあ、しかし……。そうまでおっしゃっていただくと、お引受けしないわけにもいきませんな」

と、坂本は肯いた。

「お引受けいただけますか！　ありがとうございます！」

相手は、正にカーペットの上で土下座でもせんばかりだった。

「ただ、時間を取られる仕事ですからな。その間の収入を保証していただかないと」

「分っております。——この額でいかがでしょう」

相手がメモを坂本の手に握らせた。

坂本はメモの金額を見て、考えていた額の倍近くにもなるのにびっくりした。

しかし、ここで嬉しそうな顔を見せてはいけない。——老巨匠はしたたかだった。

ちょっと渋い顔をして見せて、

「まあ、こんなものでしょう」

と肯いた。「お分りと思うが、これは欲得ずくの仕事ではありませんから」

「はい、その点は……」

「それでも、準備には金がかかる。半金は前払いにしていただけるかな？」

と、坂本は言った。

別に大したことではないのだが、という調子で話さなくてはならない。まあ、どっちでもいいがね、というように、

「半金でございますか」

さすがに相手も一瞬迷っていたが、「かしこまりました。帰りまして上司に許可を得なくてはなりませんが、大丈夫です。必ず、私が責任を持って、ご希望に添うようにいたします」

「そうですか。まあよろしく」

坂本は内心ホッとした。

これでしばらくは大丈夫だ。——たぶん。

「コーヒーをいただこうか」

と、坂本は言った。

坂本則夫《のりお》。——世界にその名を知られた巨匠。

その坂本が、車さえ売り払わなくてはならないほど、お金に困っているなどと、誰が考えるだろう。

本当のところ、この仕事が都合良く入らなかったとしたら、坂本は今の家を売りに出さねばならないところだった。

確かに、坂本の絵は売れる。しかし、実際には、もう売る絵が残っていなかった。

——伸也である。

坂本の「恋人」。六十七歳の坂本から見れば、息子どころか孫のような、二十一歳。

伸也は、自分が坂本にとって、「なくてはならない存在」であることを承知している。そして、自分の遊びや付合いのために、勝手に坂本の絵を持ち出して売ってしまっていた。

坂本は何度か注意もしたのだが、結局、いつも惚れている方が弱い。

言い争いになって、伸也に、

「じゃ、僕、もう出て行くよ」

と言われると、坂本は、

「行かないでくれ」

と、懇願せざるを得なくなる。

こうして、今や伸也はすっかり坂本の金を使い果してしまったのである。

しかし、伸也が自分の好きな物を買うために坂本の金を使うのならいい。スポーツカーだろうが、宝石入りの腕時計だろうが、欲しい物を何でも買えばいいのだ。

坂本が辛く、苦しんでいるのは、伸也が「他の恋人」のために、坂本の金を注ぎ込んでいるからだった。

すでに老年の坂本にとって、若い伸也はまぶしいような存在である。そして、伸也が坂本以外に、若い同世代の「彼氏」を作るのを止めさせることはできなかった。

伸也も、初めの内は相手に食事をおごるくらいのことだった。しかし、相手は伸也と坂本のことを知ると、徐々に図々しくなり、服や靴、車までねだるようになっていた。

しかも、その「相手」が一人ではなかった。

坂本が知っているだけで、三人はいる。

いくら金があっても足りるわけがない……。

「——ああ、ありがとう」

コーヒーを飲んで、少し落ちつく。

坂本は、クレジットカードの使用も止められそうになっていた。

しかし、この前金が振り込まれてくれれば大丈夫、またしばらくは体面を保つことができるだろう。

そのとき――ホテルのフロントの方から、甲高い笑い声が聞こえて来た。坂本は、それが誰の声か、すぐに分った。

フロントの方へ目をやると、伸也が若い金髪の男としっかり手を握り合って、キーを受け取るところだった。

坂本の顔から血の気がひく。――伸也と手を取り合ってエレベーターへと急ぐ、その「恋人」は、坂本の所に出入りしているモデルの一人だった。

いつの間に……。

これで、坂本は伸也の「四人目の恋人」を見付けたのだ。

とっさに、坂本は立ち上って伸也を追いかけて行こうかと思った。

「――アドルフ・メッツナー」

という言葉が耳に入って、坂本は動きを止めた。

「誰だって？」

と、坂本は訊いた。

「ご存知ありませんか？　インターラーケンで、氷河に氷づけになっていたのを見付かった……」

「知っているよ」

「とてもドラマチックなことがあったんですよ。死体を火葬にしたら、灰の中に折れたナイフの刃が見付かったんです」

坂本は、しばらくの間当惑していた。

「ナイフの刃だって？」

「ええ。つまり、アドルフは遭難したんじゃなくて、殺されたというわけです。四十年もたって、それが発覚するなんて、ドラマチックじゃありませんか」

「——確かにね」

陽子は、そんなことを言っていなかったが……。

「それで、誰が殺したか、分ったのかね」

「いえ、はっきりとはしないようですが、そのとき一緒に登っていた男が姿を消しているとかで、たぶんその男だろうと」

「なるほど……」

「まさか、死体が見付かるなんて、思ってもいなかったでしょうからね」

——氷づけの、四十年前のままの若い死者。

年齢《とし》を取った恋人の嘆き。そして、罪の意識におののく犯人……。

これは絵になる！

坂本の中に、久々に創作への衝動が湧き上って来た。

「巨匠」と呼ばれることに慣れ、伸也に振り回された年月には忘れていた、熱いものが胸に燃え上った。

「失礼！」

坂本は浮んで来た絵を一刻も早くキャンバスに写し取ろうと、唐突に立ち上り、呆気に取られている相手を残してホテルから飛び出して行った……。

10　相談相手

「すまんね」

と、ホセはワインをガブ飲みしながら、上条の買って来たピザを頰ばっていた。

上条は、いつもと少しも変りのないホセの姿を見ながら、首をかしげていた。

「ホセ。どういうことなんだ？」

と、上条は訊いた。「町中が大騒ぎしてるんだ。知らないのか？」

「ちょっと……待ってくれ」

ピザを口の中に入れていたホセは、喉を詰らせそうになりながら、「もちろん……知ってるとも」

と、肯いて言った。

「じゃ、皆の前で、ちゃんと説明すればいいじゃないか」

ホセはピザを食べ終えて、大きく息をついた。

「旨かった！　腹ペコだったんだ。ありがとう」

「呑気なことを」

と、上条はムッとしたように、「町の人はみんな、あんたがアドルフを殺したと噂してる」

「そうだろうな」

上条はじっとホセを見つめて、

「ホセ。——あんたがやったのか」

「どう思う？」

「僕が訊いてるんだ！」

と、上条は怒鳴った。「あんたがやったのかもしれないというので、由加さんがどんなに苦しんでるか、分ってるのか！」

ホセはおっとりと微笑んで、

「上条君。君は由加に惚れてくれてるんだろう。ありがとう。嬉しいよ」

上条がちょっと頰を染めて、

「そんなことは——差し当り、関係ないじゃないか」

「上条君。——誓って言う。僕はアドルフを殺しちゃいない」

上条が目を見開いて、

「本当だろうね」

「むろんだ」

「――良かった」

上条はホッとして、「じゃ、一緒に警察へ行こう。そして、堂々と話すんだ」

ホセは首を振って、

「それはできないよ、上条君」

「なぜ？」

「四十年も前のことだ。それに、あのとき一緒に登ったメンバーは五人いた」

「五人？」

「アドルフを除いて四人ということだ。一人は僕だった。残る三人の内一人はもう死んでしまった。あとの二人は、この町にいない」

「誰なんだ、それは？」

と、上条は訊いた。「陽子さんもよく憶えていないらしい」

「当然だよ」

と、ホセは肯いて、「当時、山へ行くのは日常茶飯事だった。いちいち誰と行くのか、アドルフに確かめていなかっただろうし、彼が遭難したと知って、陽子は気も狂わんばかりに悲しんでいた。——他のメンバーのことなど、考えていなかったろう」

「でも、その内の誰かが——」

「ああ、きっとね」

と、ホセは言った。「しかし、今、僕が他のメンバーの名前を挙げたら、どうなる？　これほどの騒ぎになってるんだ。みんなが、『殺人犯』と思われて、今の暮しを壊されてしまう。分るかい？」

「——まあね」

と、渋々肯く。

「僕は、誰がやったのか、まず確かめたい。その上で、どうしたらいいか、その人間と話し合って決めたいんだ」

上条は腕組みして、考え込んだ。

「あんたの言うことは分る」

と、上条は言った。「しかし、由加さんにだけは、せめてそう話してやってくれ。彼女が可哀そうだ」

「ありがとう、上条君」

ホセは手を伸して、上条の手を握った。「由加のことを頼むよ」

「そう言われても……」

と、上条は苦々しげに、「由加さんはあの画家の息子と……」

「大村和男か？　あんなのは問題外だ」

「しかし──」

「大丈夫。由加も君を愛してるよ」

「ホセ……」

「──では、こうしよう。由加に電話をかける」

「ああ、そうしてくれ」

「しかし、君のケータイじゃ由加に分ってしまうだろう。どこでかければいいかな」

「待ってくれ。──この下の公衆電話なら、どこからか分らないだろう」

「なるほど。そうしよう」

「じゃ、一緒に──」

「いや、大丈夫。一人で行く」

ホセは、上条を止めて、部屋を出て行った。

上条は落ちつかない気分で、ソファに寝そべっていたが──じき、ドアをノックする音がした。

「早いじゃないか。開いてるよ」

と、声をかけると、ドアが開いて、

「お邪魔します」

と、女の子が顔を出した。

上条はびっくりして、起き上った。

「君は……」

「矢吹由利子です」

「ああ、陽子さんの〈フィオレ〉に泊っている子だね」

「それと妹の真由子」

もう一人、女の子が顔を出す。

「何か用？」

「ええ。妹が、ぜひあなたに話したいことがあるって言うので、ついて来ました。突然ですみません」

と、由利子は言った。「――お食事中でしたか」

「あ――いや、もう済んだんだ」

上条は、あわててピザの空箱を片付けた。

「それで、話って？」

「野沢由加さんと係りのあることです」

「何だって？」

「由加さんのことが好きなんですよね」

上条は面食らった。

「いや、その……」

「由加さんに、大村和男が近付いてるのをご存知でしょ？　でも、あの父と子は、とんでもない食わせ者です」

と、真由子が言った。

上条はびっくりして、

「どうしてそんなこと――」

「私、立ち聞きしちゃったんです」

真由子が、〈フィオレ〉で聞いた、大村親子の会話について話すと、上条も身を乗り出した。

「じゃ、あの息子は、〈フィオレ〉の土地を狙って？」

「そうなんです。私、確かに聞いたんです」

と、真由子は言った。

由利子が付け加えて、

「どういう事情になっているのかは分りませんけど、この子の言ってることは確かです。万一、由加さんがあの大村和男に騙されているようなら……」

「いや、ありがとう！」

上条は思わず真由子の手を握りしめた。「僕が彼女を守ってやるよ」

「はい！」

真由子もニッコリ笑った。

そのとき、上条のケータイが鳴った。

「ちょっと失礼。――もしもし」

「ホセだ」

「ああ……」

「今、由加と話した。僕はこのまま町を出る。色々ありがとう」

「待ってくれ！　それじゃ――」

「君に迷惑はかけたくない。由加のことをよろしく」

「ホセ、待ってくれ！」

通話は切れた。

そして——由利子と真由子は、上条が、「ホセ」と呼んだのを、ちゃんと聞いていたのだ……。

11 決意

「上条さん」

と、由利子は言った。「ここにホセさんが隠れてたんですね」

「いや、それは……」

上条が口ごもる。

由利子だって、香子ほど頭は回らないが、

「ここに入って来たときのピザの匂い、ホセさんが食べたんですね」

「なあ、このことは秘密にしておいてくれないか。ね？」

「ご心配なく。私は一切余計なことを口にしない人間です」

と、由利子は言った。

「お姉ちゃんのことは信じていいよ」

と、真由子が口を挟む。「何しろ、こういうことに慣れてるから」

「余計なこと言うな」

と、由利子がつつく。「上条さん、ホセさんは何と言ったんですか?」

上条はためらったが、何となくこの女の子たちは信じていい気がした。

「分った。話すよ」

と、上条はベッドに腰をおろした。

ホセから聞いた話を、そのまま話してやると、由利子たちは真剣に聞き入って、

「じゃ、ホセさんは、その一緒に登った仲間の二人に会いに行ったんですね」

「たぶんそうだろう。それが誰のことかは、僕も知らない」

「ふーん……」

由利子は腕組みして考え込んでいる。

「お姉ちゃん」

と、真由子が言った。

「何よ」

「考えてもむだだよ。今の話、香子さんに伝えて、考えてもらった方が早いよ」

由利子は顔をしかめて、

「あんた、言いにくいことを、ずいぶんはっきり言ってくれるわね」

と、真由子をにらんだ。

見ている上条も、ついおかしくて吹き出してしまう。

「――ありがとう、話してくれて」

と、由利子が立ち上って礼を言う。

「いや、こっちこそ、いい話を聞かせてもらったよ」

あの大村親子が〈フィオレ〉の土地を狙っているという話である。

「それ、聞いたの私ですから」

と、真由子が強調する。

由利子が真由子を促し、上条の部屋を出ようとして――。

「上条さん。明日の予定は？」

「明日？　――ああ、ちょっとしたハイキングに付き添って行く予定だけど」

「他の人と替れないんですか？」

「それはまあ……。特に僕でなきゃ、というお客じゃないから」

「私たち、明日登山列車でユングフラウヨッホへ上るんですけど。ついて来てもらえませんか？」

「いいとも。せめてのお礼だ」

「良かった！　じゃ、〈フィオレ〉に来て下さいね」

と、由利子はニッコリ笑って、「じゃ、おやすみなさい！」

と、ドアを閉めた。


「ちょっと留守にするよ」

と、坂本は言った。

ソファに寝そべってＴＶを見ていた伸也は、しばらくしてから、やっと顔を坂本の方へ向けて、

「留守？」

と、訊き返した。「どこに行くの？」

「インターラーケンだ。新しい壁画の仕事のことは話しただろ」

「うん」

「そのために、あの山を久しぶりにこの目で見なきゃならないんだ」

坂本は旅行鞄に着替えを詰め込んでいた。

「へえ。大変だね」

伸也はリモコンでＴＶのチャンネルを変えた。

「一緒に行くか？」

「僕？　僕はそういう所に向かないんだ」

「まあ、好きにしろ」

伸也はソファに起き上ると、

「いつ出かけるの？」

「明日だ」

「何日間ぐらい行ってるんだい？」

「そうだな……。どんなに短くても一週間はかかるだろう」

坂本は画材を用意しながら、「子供じゃないし、大丈夫だろ、一人で」

「うん……。でも寂しいよ。ときどき電話してね」

「ああ、もちろんだ」

坂本は微笑んで、「いつもの引出しに金が入れてある。それでやっていてくれ」

「分ったよ。心配しないで」

――心配するとも。

坂本は心の中に煮えたぎる怒りをじっと抑えていた。

留守の間、誰と誰をこの部屋へ連れ込もうか。――伸也の考えていることぐらい、坂本にも分る。

現金はそう置いていかないが、伸也はカードも持っている。坂本の払いで、好き勝手に買物も食事もできるのだ。

「いい絵になりそう？」

「たぶんな。――壁画は、途中で気に入らないからといって、破いて描き直すってわけにゃいかない。慎重にプランを立てないと」

「頑張ってね」

伸也は、立って来て、坂本にそっとキスした……。

伸也が自分の部屋へ行ってしまうと、坂本は目を閉じて深々と息をついた。

胸は痛んだ。

むろん、インターラーケンに行くのは嘘ではない。

今度の壁画の仕事に、坂本は打ち込みたかったのだ。

話が来たときには、単に「金になる」ことしか考えていなかったが、今は久々に自分が打ち込める大仕事なのだと感じていた。

それは同時に、伸也との関係にけりをつける機会でもあった……。

坂本は、伸也が自分の部屋へ引っ込んだのを確かめてから、ケータイを取り出した。

「――もしもし。坂本だ」

と、フランス語で言った。「明日から留守にする。昨日頼んだ通りに、よろしく」

坂本の口元に、冷たい笑みが浮んでいた。

「――うん。毎日、私の方へ連絡をくれ。ちゃんと映像も添えてな。頼んだぞ」

坂本は通話を切ると、また荷造りにとりかかった……。

ヨットは地中海をゆっくりと、漂うように航海していた。

ヨットといっても、帆を上げて走るのではなく、個人用の客船である。

そのデッキでデッキチェアに寝そべっている男がいた。

「失礼します」

と、ボーイがやって来た。

「何だ？」

「衛星電話が入っています」

「こんな所まで？　誰からだ」

と、顔をしかめる。

「桃井様です」

「——陽子か。分った」

と、電話機を受け取る。「もしもし」

「健児《けんじ》？　桃井陽子よ。分る？」

「まだ頭ははっきりしてるよ」

「ええ、分ってる。久しぶりね」

「何か用かね」

「ずいぶん苦労したわ、見付けるのに。——今、どこなの？」

「海の上さ」

「会って話したいの」

「会って？　何のためだね」

「アドルフのことで」

山形《やまがた》健児は、ちょっと苦笑して、

「もう昔のことだ。今さら——」

「見付かったのよ。氷河の中で。知らなかった？」

山形は少し間を置いて、

「世間のことには無関心でね」

と言った。

陽子が事情を説明すると、

「――すると誰かがアドルフを殺したというのか」

「そうなのよ。坂本さん、それに明美も来るの。あなたも、もし良かったら……」

山形は少し迷っていたが、

「分ったよ」

と、やがてため息と共に言った。「君のために行くんだ」

「ありがとう」

と、陽子が言った。「いつ来られる？」

「その気になれば明日でも。――まあ、三日後でどうだい？」

「そうしてくれる？　待ってるわ」

「〈フィオレ山荘〉へ行けばいいんだね」

と、山形は念を押した……。

電話を切ると、

「近くの港へ停めろ、と伝えてくれ。ああ、ただし、空港のある町だ」

と命じておいて、秘書を呼んだ。「アドルフ・メッツナーの記事やニュースを集めておいてくれ」

自分も立ち上って、船室へ戻る。

——山形健児はファッションデザイナーとして、ヨーロッパでも広く知られている。〈ケンジ〉という名前は、中高年の富裕層にとって、欠かすことのできない名である。

三十代から活躍し、六十四歳になったとき一線から退いた。そして今、六十六歳。

財産を好きにつかって、こうしてのんびりとクルージングもできる。

しかし、正直、少し退屈もしていた。陽子からの誘いは、今の山形にとって、正に格好の「退屈しのぎ」になりそうだった。

山形は無線で、自家用機の手配を命じると、着替えにかかった……。

12　展望台

登山列車を降りると、身の引きしまるような寒さ。

「やっぱり山の上は寒い！」

と、由利子が首をすぼめた。

「外へ出ると、もっと寒いよ」

と、ついて来た上条が言った。「空気が薄いからね。急いで歩かないで」

「よく晴れているようですね」

と、香子が言った。

駅は岩山の中にあるので、降りた所からは外が見えない。

少し行くと、広いガラス張りの窓があって、雪をかぶった山頂がくっきりと青空に浮んで見えた。

「やった！」

と、真由子が声を上げる。

「さあ、エレベーターで展望台へ上ろう」

と、上条が由利子たちを先導した。

上条は、空気が薄いことにも慣れているので、平気だ。

「ほら、急いで歩くと息が切れるよ」

と、上条が注意すると、

「上条さんも息が苦しくなるわ、その内」

「僕が？　どうして？」

「今に分る」

と、由利子はニヤニヤしている。

エレベーターで上ると、きれいなカフェがあり、そこから外の展望台へ出られる。

「――凄い」

と、旭子が言った。

単純素朴な感想だが、そうとしか言えない。

吹きつける風は凍るように冷たかった。

「さあ、写真を撮るなら、シャッターを押すよ」

と、上条は言った。

「私たちのことはいいの」

と、由利子は言った。「あちらのお相手をしてあげて」

「え？」

振り向いた上条は、コートを着た野沢由加が立っているのを見て、愕然とした。

「由加ちゃん……」

「待ってたわ」

「君……」

「誘われたの、矢吹さんにね」

由利子が由加の方へ手を振って、香子たちと、展望台の先の方へ行ってしまう。

「――妙な子たちだな」

と、上条は笑って言った。

「おかげであなたの気持に気が付いたわ。今までごめんなさい」

「由加……」

由加の方から、上条を抱きしめてキスした。

上条は「一時的酸欠状態」（？）になって、めまいがした……。

「やったね」

　と、遠くから二人を見ていた由利子が肯く。

「お姉様も、他人の恋には役に立つこともおありですね」

　と、香子が言った。

「それって、自分の恋にはだめってこと？」

「まあ、そういう意味です」

「私はまだ十七よ！　恋より他にすることが沢山《たくさん》ある」

　と、由利子は強がって見せた。

　――上条はやっと落ちつくと、

「君があの画家の息子にひかれてるんじゃないかと気が気じゃなかったよ」

　と言って、固く由加の手を握りしめた。

「そう言ってくれればいいのに。――でも、大村和男さんのことは、ちょっと珍しかっただけ。私、いいお兄さん以上の男なんて、知らないわ」

「それはやめてくれよ。『お兄さん』じゃ、キスもできない」

　由加は笑って、上条にもたれかかった。

「いつかこうなると思ってたわ」

「そうかい？　しかし……」

と、上条はためらって、「僕の収入じゃ、君と結婚しても……」

「お金なんて、何とかなるから」

「そうかな……」

「私も働いてるし、大丈夫よ。飢え死にはしないわ」

「それで——聞いたかい、お父さんの話」

「ええ」

と、由加は肯いて、「父がやったんじゃないって分れば、それで充分。それ以上詳しい話はしてくれなかったけど、きっと父には父の事情があるのよ。私は信じてるわ」

「僕もだ」

「あなたには世話になった、って言ってたわ。よく礼を言っといてくれって」

「充分言ってもらったよ」

上条は由加の肩をしっかりと抱いた。

「——あの二人、ちっとも寒くなさそうだね」

と、由利子が、上条たちを眺めて言った。

「いい加減なところで中へ入るように促しませんと、お二人とも、抱き合ったまま凍ってしまうことにもなりかねませんが……」

と、香子は半ば真面目に心配しているようだった……。

「お姉ちゃん、シャッター切って」

と、真由子が自分の小さなデジカメを差し出した。

「いいよ。どこをバックに？」

「やっぱり山がバックでしょ。どこで撮ったか分んないじゃない」

「何ならお二人で」

と、香子が言った。「私がシャッターを切りましょう」

「だめ！　私一人じゃないと」

と、真由子があわてて言った。

「何で私がいちゃだめなのよ」

と、由利子がむくれると、

「彼にあげるんだもん。私一人の写真でないとだめなの」

「彼って……。そんな男の子、いるの？」

由利子が唖然とする。

「失礼ね。私、十四歳よ。ボーイフレンドの一人くらいいなくてどうするの」

妹に言われて、言い返せない由利子は、我ながら少々情なかった……。

「じゃ、ニッコリ笑って」

シャッターを切る瞬間の真由子の笑顔は、気のせいか、どこか大人びて見えた。

「じゃ、お姉ちゃん、一緒に撮ってあげるよ！」

妹に手招きされて、さすがに由利子は、

「私も一人で撮るわよ。やっぱり『彼』にあげないとね」

「お姉ちゃん……。彼氏なんていたっけ？」

「失礼ね。私をいくつだと思ってるの」

由利子の精一杯の抵抗だった……。

すると、

「シャッター、押していただけますか？」

と、日本語で頼んで来た外国人……。

メガネをかけたその顔を見て、由利子は、はて、と首をかしげた。

どこかで見たことがあるような……。

向うが先に気付いた。

「ああ！　列車の中で……」

「あ！　デッキで殴られてた人」

スイスへやって来る列車のデッキで、何人かの男たちに囲まれて、殴られたりこづかれたりしていた男だ。

確か名前も聞いた。ええと――ロベルト、だっけ。

「ロベルト・ザイツだよ」

そうそう、思い出した。

「一緒に写真に入ってもらえるかな」

と、ロベルト・ザイツは言って、由利子は断らなかったのである……。

13 再会

「行くわ」

明美は、オットーを抱いてキスした。

「アケミ……」

「心配しないで。必ずお金を作って送るから」

「すまない」

オットーはうなだれた。

「元気を出してよ！」

明美は微笑んで、夫の頬に手を触れた。「でも、一人だからって、ビールばっかり飲んでちゃだめよ」

「分ってる。何か仕事を捜すよ」

「危いことはやめてね。地味な、長続きする仕事を見付けて」

「そうするよ」

話しながら、それが容易でないことを、明美もオットーも分っている。

「もうタクシーが来るころだわ」

と、明美がスーツケースへ手を伸すと、

「僕が持つよ」

と、オットーが代りに持って、外へ出た。

タクシーがちょうど来たところで、運転手がスーツケースをトランクへ入れた。

「じゃ、行って来るわ」

と、明美はもう一度オットーに軽くキスすると、「ちゃんと食事するのよ」

と言ってタクシーへ乗り込んだ。

タクシーが走り出す。

オットーは、手を振って、タクシーが見えなくなるまで立って見送っていた。

「アケミ……」

ああは言ってくれたが……。

いくら明美が頑張っても、十万ドルもの大金を、数日間で用意することはできまい。

いや、あの連中は、「殺す」と言ったら、ためらったりしない。

オットーは六十八歳だ。もう人生も大して先がない。

明美より先に死ぬ。――それは望んでいたことだ。

しかし、「死ぬ」ことと「殺される」ことは全く違う。

この年齢《とし》になっても、オットーは、殺されると考えただけで血の気がひいた。

首をすぼめて、オットーが戻ろうとすると、

「出かけるのか」

と、声がした。

オットーは青ざめた顔で振り向く。

頬に傷のある男が立っていた。

「エミール……」

オットーの声が震えた。「まだ期限じゃないだろう」

「そう怖がるなよ、オットー。俺もお前を殺したくない」

いかにもやさしげな声でそう言いながら、この男がこれまで何人の人間を殺して来たか、知らないオットーではなかった。

「エミール。金は何とかする」

と、オットーは言ったが、膝が震えて、立っているのがやっとだった。

「オットー。無理をするなよ」

と、エミールはオットーの肩に手をかけて、「十万ドルだぜ。どうやって作るって言うんだ？」

オットーとしては、単なる言い逃れだと思われるのが怖かった。名前を出す気はなかったが、

「今——妻が出かけている。金を工面してくれる友人がいるんだ」

と言ってしまった。

「ほう」

エミールは、信じていない表情で、「いい奥さんだ。日本人だったな、確か」

「ああ、そうだ」

「名前は何といった？」

「アケミだ」

「アケミさんか。——しかし、十万ドルといえば大金だぞ」

「アケミはケンジを知ってるんだ。〈ケンジ・ヤマガタ〉、知ってるだろ？」

「あのファッションデザイナーか？」

「ああ。あのケンジとアケミは古い友人だ」

　エミールは、興味を持った様子だった。

「そのケンジに会いに行ったのか」

「いや、何かの用で、古い仲間が集まるんだ、スイスに。そのときに頼んでくれると……」

「なるほど。本当にケンジと友人なら、十万ドルくらい、どうってことはないだろうな」

「な、だから待ってくれ。必ず二、三日の間には——」

「いいとも。喜んで待つぜ」

　エミールはニヤリと笑った。「金が払えて、あんたを殺さずにすみゃ、俺も嬉しいんだ」

「ああ……。大丈夫だよ」

　と、オットーは何度も肯いた。

　エミールは少し考えていたが、

「スイスで集まるって？」

「ああ」

「スイスのどこだ？」

「インターラーケンだ。〈フィオレ〉というホテルを、アケミの友人がやっている」

「そこにケンジも来るのか」

「うん」

エミールはオットーの肩をギュッと抱いて、

「なあ、オットー。俺たちもちょっと旅行しないか」

「旅行？」

「スイスへさ。俺はあんまりスイスを知らねえんだ。寒いのは苦手でな」

「そうか」

「だが、他ならぬあんたとなら、二人で旅するのも悪くない。どう思う？」

オットーは、アケミとケンジの名前を出したことを後悔していた。

エミールは、「金になりそうな話」の匂いをかぎつけたのだ。

しかし、今さら話がでたらめだった、と言っても通るまい。

「いいだろ、オットー？」

エミールの声に凄みが加わった。拒むことはできなかった。

「ああ。——もちろんだよ」

オットーは肯いて、微笑んでさえいたのである。


「由加、お客さんだよ」

〈フィオレ山荘〉の玄関を、トランクをさげて入って来た上条が言った。「駅からご案内して来た」

「ありがとう」

フロントのカウンターの中に立つ野沢由加が笑みを返す。

二人の視線は、まるで目に見えるように、熱く絡み合った。

「――あの二人、すっかり親密だね」

と、ロビーにいた真由子が言った。

「分ったようなこと言って」

と、由利子は苦笑した。

「私たちの功績よね」

と、旭子が言った。

確かに、恋愛にとても詳しいとは言えない由利子でも、由加を見る上条の目に、前のような「焦り」がなくなっていることが分った。

互いに、相手の愛を信じていられるのだ。

「――あら」

と、香子が、ロビーへ入って来た新しい客を見て言った。

「香子、知り合い？」

「いえ、そうではありませんが、有名な画家の坂本則夫さんですね」

と、香子は言った。

「誰、それ？」

と、由利子が訊く。

「日本を代表する画家の一人です。今は専らヨーロッパで暮しているはずですわ」

坂本則夫が、フロントでチェックインしていると、

「則夫？」

と、声がした。

桃井陽子が、ロビーへ下りて来たのである。

「陽子か」

「則夫！　良く来てくれたわね！」

桃井陽子は駆け寄って、坂本の手を固く握りしめた。

「久しぶりだ」

「ええ、本当に」

「君はあまり変っていないね。僕はもうすっかり老けたが」

「冗談はやめて」

と、陽子は笑って、「もう私も六十八よ。あなたより一つ年上なんだもの」

「そうだった。しかし、君の方が、今はずっと若く見える」

坂本の言葉は、確かに誰の目にも正しくて、陽子もあえて否定はしなかったが、

「年齢の話はやめましょう。いくら話したって、若くなれるわけじゃないし」

「全くだ!」

坂本はフロントのノートに記帳すると、

「他に誰が来るんだ?」

と訊いた。

「明美も来るわ。それに、山形健児も」

「それは懐しい!」

と、坂本は微笑んだ。

「さあ、部屋へ案内するわ」

と、陽子が先に立つ。

「——古いお知り合いのようですね」

と、香子は言った。

陽子と坂本は、愉しげに話し込みながら、ロビーから姿を消した……。

14　ディナー

その夜のディナーは、一段とにぎやかだった。

夕方には、明美ブラウンが〈フィオレ山荘〉に到着。そして、一時間ほどの遅れで、〈ケンジ・ヤマガタ〉こと、山形健児が着いたのである。

山形は、何と！　――ヘリコプターでやって来たのだ。

「さすがにファッション界の大物」

と、旭子が呟いた。

しかし、大物でも、そうでなくても、旧友は旧友である。

陽子は彼らを暖く迎え、山荘は一気に華やいだ。

ディナーは格別楽しく、

「ご紹介するわ」

と、陽子が由利子たちを一人ずつ紹介した。

「――話は陽子から聞いたよ」

と、山形は言った。「高校生とは思えない、機知と勇気の持主だそうだね」

真由子が、すかさず、

「私は中学生です！」

と、口を挟んだので、大笑いになった。

「さあさあ、一緒のテーブルで」

と、坂本が促して、急拠、テーブルがつけられ、由利子たちは、陽子とその仲間たちの合間合間に座ることになった。

冒頭、シャンパンのグラスを手に、坂本が立ち上り、

「今日、ここに我々が元気に集まれたことを感謝すると共に、亡きアドルフを悼んで、盃を上げたい」

と言った。

「ありがとう、則夫」

と、陽子がしんみりと、「アドルフが生きていたら、すばらしかったけど……」

「生きているとも」

と、坂本は言った。「我々の思い出の中に、いつまでも」

「そうね……」

全員がグラスを上げた。

むろん、由利子たちはオレンジジュースだったが……。

ダイニングルームの隅のテーブルでは由加と上条の二人が食事をしていた。

「話は聞いたわ」

と、陽子が言った。「あの二人のキューピッド役をつとめていただいたそうね」

「愛あればこそです」

と、香子が言った……。

——食事の途中、

「失礼」

と、ダイニングへ入って来たのは、大村哲才と息子の和男。

「あら。いらっしゃいませ」

と、陽子が立ち上る。

「いや、お気づかいなく」

と、大村哲才が言った。「こちらに坂本則夫画伯がお泊りと聞いて、ご挨拶をと思い、伺ったので」

「こちらですわ。――則夫。大村哲才先生」

坂本は立ち上って、哲才と握手したが――。

「おや」

と、坂本が哲才の顔を見て、「これはお久しぶりだ」

「どこかでお目にかかりましたか？」

と、哲才がふしぎそうに言った。

「さよう。――もう十五年にもなりますかな。スイスのベルンで開かれた美術展に、『盗作』とされた絵を出しておられた方とそっくりでね」

と、坂本が言った。

哲才が青ざめる。

「それは……。そんなことは、よくあることです」

「確かに」

と、坂本は肯いて、「しかし、その後も、有名な画商を騙して、何枚かの絵を持ち逃げしたと――」

哲才はあわてて、

「お食事中のところ、大変失礼」

と、一礼して、「では、これで。ごめん！」

そして息子の方へ、

「行くぞ！」

と、声をかける。

息子は、由加の方へ寄って行って、何やら話しかけていたが、父親に叱りつけられて、あわてて、

「待ってよ、お父さん！」

と、駆け出して行った。

「——やれやれ」

坂本は首を振って、「絵の世界も、ふしぎだからね」

「絵を交換しなきゃ」

と、陽子は言った。

——その後はなごやかにディナーが進んで、

「明美、ご主人はお変りない？」

と、陽子が訊いた。

「オットー？　ええ、まあ……」

と、明美はやや口ごもりながら、「でも、羨しいわ。みんな、年齢と関係なく仕事のできる人たちじゃないの。オットーはもう六十八で、今は仕事を捜しても、容易には見付からないわ」

「しかし、引退して、のんびりすることはできる」

と、坂本が言った。「君ものんびりしているが」

と、山形の方を見る。

「まあね。しかし、することがないと、老け込むよ。少しまた、注文生産のデザインだけ引き受けようかと思っている」

と、山形は言って、ワイングラスを空けた。

「明美も、翻訳の仕事はしているんでしょう?」

と、陽子が言った。

「二人で生活して行くのは大変よ」

と、明美が首を振って、「今の世の中は、年老いた夫婦には住みにくくできているわ」

「そんな……。まだ若いじゃないの」

「とんでもない! 髪なんか、真白よ。染めているから……」

「それは同じよ、みんな」

「いいえ、違うわ！　違うわ！」

と、明美が激しい口調で言った。

一瞬、テーブルが静かになった。

「――ごめんなさい！」

と、明美があわてて、「酔ったんだわ、少し」

「誰しも悩みを抱えているよ」

と、坂本は言った。「僕も、恋の悩みに苦しんでいる。この年齢になっても、なおね」

「則夫……」

「ここへ来たのは、その苦しみから逃れるためでもあった。辛いものだよ」

「人生ね」

と、陽子は言って、「いけないわ。若い人たちが、この先に希望を失くすわね」

と笑った。

「いいえ」

と、香子が言った。「若さは若さなりに、悩みを抱えています。生きている限り、誰も同じです」

「そうだな」

と、坂本が肯く。「我々が若さを羨むのは、若い人々には迷惑なことかもしれない」

——由加と上条が、先に食事を終えて席を立つ。

「少し二人で散歩して来ます」

と、由加が陽子に言った。

「この寒いのに？」

「お二人なら充分に暖いですよ」

と、香子が言った。

「上条さん」

と、陽子は言った。「由加の所に泊ってもいいけど、ちゃんと式は挙げてね」

若い二人はポッと赤くなった……。

15　思い出

早く話さなければ……。

明美はコーヒーを飲みながら、胸中の苛立ちを必死で押し隠していた。

山形にお金の話をしなくては……。

しかし、久々に集まった仲間たち。話は尽きず、なかなか山形と二人になる機会は来ない。

「ちょっと……」

明美はソファから立ち上って化粧室へ行った。

「オットー……」

オットーは、今ごろ不安と怯えで震えているだろう。

早く「お金が工面できた」と知らせてやりたいのだが……。

明美の中には、旧友に借金を頼むことへのためらいもある。しかし今はそんなことを言っていられない。

オットーの命がかかっている。

化粧室を出ると、目の前に香子が立っていた。

「あら……」

「今、山形さんは読書室でお一人です」

「え?」

「お二人になられたいご様子でしたので」

明美は香子の勘の鋭さにびっくりした。

「ありがとう」

「いいえ」

香子は会釈して行ってしまった。

「ふしぎな子ね」

と呟いて、明美は読書室へと急いだ。

山形が窓から外を眺めている。

気配を感じたのか、山形は振り向いて、

「みんな、外見だけは老けても、中身は変らないな。嬉しいよ」

と言った。「まあ——もっとも、陽子にとってはアドルフの死をめぐって、これから色々あるかもしれないが」

明美は椅子にかけて、

「変らない人ばかりじゃないわ」

と言った。「あなたを失望させたくないけど」

「明美。――どうしたんだ？　何か苛立ってるようだ」

「ええ……」

明美は目を伏せた。「主人が……オットーが殺されるかもしれないの」

「殺される？」

山形は眉を寄せて、「話してみてくれ」

「言いにくいけど……。お願い！　私に十万ドル貸してちょうだい！　それがないと、オットーはギャングに殺されるの」

明美は目の前の机に両手をついて、頭を下げた。「古い友だちにこんなことは頼みたくないけど……。切羽詰ってるの。工面するあても時間もなくて……」

「明美……。泣くなよ」

そう言われて、明美は自分が泣いていることに初めて気付いた。

「ごめんなさい……。必ず返すから。お願いよ」

山形はじっと明美を見ていたが、やがて肯くと、

「分った。何とかしよう」

と言った。

「ありがとう!」

明美は身震いした。

「しかし、事情を聞かせてくれ。一度払って、それで終りになるものなのかい?」

山形の問いに、明美はハッとした。

当面、オットーを救うことしか考えていなかったのだ。

「それは……分らない。でも今は――」

「分ってる。大丈夫だ。落ちついて」

と、山形は明美の肩に手をかけた。「それで悩んでたのか。可哀そうに」

「ろくに蓄えもなくて老年を迎えてしまうと、惨めなものなのよ」

明美は、オットーが十万ドルの「借り」を作ってしまった事情を説明した。

「――なるほど、分ったよ」

山形は肯いて、「確かに、当面は十万ドルでご主人の命を救わなきゃね。しかし、その後も問題だな。一度その金を出してしまったら、連中はまた要求して来るかもしれない」

「考えもしなかったけど……」

「誰か、そういう方面に強い人間を紹介してもらうのがいい。どうすべきか教えてくれるだろう」

と、山形は言った。「ともかく十万ドルのことは任せてくれ。すぐ連絡して用意させるから」

「何てお礼を言っていいか……」

「よせよ。旧友だろ。——さあ、涙を拭いて。みんなが変に思うぜ」

「ええ……。あの——オットーに電話するわ。きっと生きた心地もしないでいると思うの」

「分った。先に戻ってるよ」

山形は居間へ戻って行った。


「そんな事情があったの？」

と、由利子は言った。

「お一人だけ、とても辛そうにしておられるので、気になっていたのですが」

と、香子は言った。

「立ち聞きしてたの？」

と、旭子が言った。

「いいえ、廊下におりましたら、聞こえてしまったのでございます」

「同じようなもんじゃない」

「そういう意見もございましょうね」

香子は澄まして言った。

――由利子たちは一足先に自分たちの部屋へ戻っていた。

とはいえ、すぐ寝るわけもない。みんなが由利子の部屋へ集まっていた。

「さすがに山形健児ね」

と、旭子が言った。「十万ドル、ポンと出すなんて」

「明美さんは泣いて喜んでおられました」

「持つべきものは友だちだね」

と、真由子が言った。「それもお金持の」

「生意気言うんじゃない」

と、由利子がにらむ。

ドアをノックする音がして、旭子が立って行って開けると、

「はい、おやつ」

と、盆にクッキーや紅茶を載せて、由加が入って来た。

「やった！」

と、真由子が声を上げる。

「お散歩じゃなかったんですか？」

と、由利子が言った。

「あんまり寒いんで、続きは部屋でのんびり、ってことにしたの」

と、由加は澄まして言った。

「恐れ入ります」

香子が手伝って紅茶をカップへ注ぐ。

「――実はね」

と、由加が真顔になって、「さっきの、明美さんと山形さんの話、香子さん、聞いてたでしょ？」

「由加さんもおいででしたか」

「洩れ聞こえてね……。どう思った？」

「さあ……。私どもが口を出すことでは……」

「それはそうよね」

と、由加は肯いて、「ただ――以前、陽子さんが言ってたことを思い出して」

「とおっしゃいますと？」

「大分前だけど……」

と、由加は考えながら、「明美さんが今のオットーという人と結婚して、陽子さんは何度か訪ねたことがあるの。いつだったか、帰って来て、私にこう言ったわ。『明美は失敗したわね、あの人と結婚して』って」

「オットーという人のことですか」

「ええ……。悪い人じゃないらしいけど、一つの仕事にずっと就いていられず、じきに辞めてしまうらしいの」

「その挙句、悪いことに――」

「誘われると、つい、簡単に金が入る、というので誘いにのってしまうらしいのね。今回もたぶんその口だわ」

「陽子さんはどうしてそのことを？」

と、由利子が訊く。

「私には言わなかったけど、どうやら陽子さんも明美さんにお金を用立てたことがあったみたい」

「分りますね」

と、香子は肯いて、「では今夜のこと、陽子さんには知られたくないでしょう」

「もちろん、そうでしょうね」

と、由加は心配そうに、「でも、昔のことで、せっかく古い友だちが集まっているのをぶち壊してもいけないし」

「由加さん」

と、香子は言った。「なぜ陽子さんは、お友だちを呼び集めたんでしょう」

「それは……」

「ただ思い出話をするためだけでしょうか。何か他に理由があるのではないかと思うのですが」

「私も考えなかったわ……」

と、由加は言って、クッキーを一つつまんだ。

16 情熱

「ところで……」

と、坂本はためらいがちに口を開いた。「陽子。君に頼みがあるんだが」

「何かしら？」

陽子はコーヒーを飲みながら言った。

「いや、今の君に、こんなことは言いたくないんだが……」

坂本は口ごもった。

——居間では夜中になっても、四人の昔話が尽きなかった。

「待って」

と、陽子は立ち上って、「コーヒーが冷めたわ。淹れ直してくる」

「私がやります」

と、由加が居間を覗いて言った。

「あら、まだ起きてたの？」

「ええ。今から部屋へ行こうと――」

「上条さんは？」

「私の部屋で待ってます」

「まあ。それじゃ早く行ってあげなさい」

と、陽子は笑って、「コーヒーは私がやるから」

「いえ、いいんです。少し待たせてやるんです」

由加はそう言って台所の方へ行った。

みんな笑って、

「いいね、若い者たちは」

と、山形が言った。「我々にもそんな時期があった」

「そうね。ほんのわずかな日々なのよね」

と、陽子はソファに戻ると、「――そうだ、坂本さん。これでしょ？」

陽子は、ソファの傍のサイドテーブルの引出しを開けると、大判の封筒を取り出し、坂本の方へ差し出した。

「何なの？」

と、明美が訊く。

「アドルフの写真。氷に閉じこめられているところ」

「まあ……」

「すまない。拝見するよ」

坂本は、封筒の中から、大きく引伸した数枚の写真を取り出した。

坂本が眉間にしわを寄せて、じっとその写真を一枚ずつ見つめる。

「私も見ていい？」

と、明美は腰を浮かしながら言った。

「ええ、どうぞ」

山形も立って、坂本の手もとを覗き込んだ。

「――アドルフだ」

と、山形は目をみはった。「昔のままのアドルフだ」

「本当だわ」

明美もため息をついて、「何だか、今にも笑って動き出しそう」

「坂本、これをどうするんだ？」

と、山形が訊くと、

「いや、それは……」

と、坂本が陽子を見る。

「いいのよ。描いてちょうだい」

と、陽子は言った。

「――まあ、絵に描くの？」

明美はびっくりした様子で、「でも、それは……」

「これは久々の題材なんだ」

と、坂本は言った。「このところ――ろくに絵を描いてない。しかし、アドルフのことを知って、突然創作欲が湧き上って来たんだ！」

「それは分るが」

と、山形が腕組みして、「陽子を傷つけることにならないか」

「むろん、陽子がやめてくれと言えば、描かないよ」

「いいえ、構わないの」

と、陽子は言った。「考えてみれば、アドルフのことを記念するものは何もないわ。その状態で見付かった、っていう新聞記事くらい。それじゃ寂しいわ」

「信じてくれ。必ずいい絵にする」

と、坂本は言った。

「任せるわ」

と、陽子は微笑んで、「その絵には私も出てくるの？」

「まだ構想が固まってないが、もしかするとね」

「そのときは、少ししわを減らしてね」

と、陽子は言った。

みんなが笑って、やや重苦しくなりかけた空気を追い払った。

「――お待たせして」

由加が淹れ直したコーヒーをポットに入れて持って来た。「お注ぎしますか？」

「お願い。その残りは置いて行ってちょうだい」

「はい。ポットなので、しばらくは冷めません」

由加は一通りみんなのカップへ注ぐと、

「では、お先に失礼します」

「おやすみなさい」

と、陽子は言った。「明日の朝は起さない方がいいわね」

由加はちょっと照れたように笑って、居間を出て行った。

「――陽子」

と、坂本が言った。「実は今、ビルの壁画を頼まれているんだ。大仕事だ」

「すてきじゃないの」

「それに、この題材を使っていいかな」

「壁画に？　私はともかく……。注文主がいやがるんじゃない？」

「いや、〈愛の永遠〉にテーマを絞る。それならおかしくない」

「任せるわ」

と、陽子は苦笑して、「モデル料をいただこうかしら」

坂本のケータイが鳴った。

「失礼。――もしもし」

坂本は廊下へ出た。「どうした？　様子はどうだ」

伸也のことを見張らせている探偵からの連絡だ。

「ひどいもんです」

「そんなにか」

「今も、十人以上で大騒ぎをしてます。連日これだと、大分お金が――」

「好きにさせといてくれ。証拠写真は頼むよ」

「承知しています。ビデオカメラをセットして隠し撮りしていますから」

「あんまり見たくはないな」

と、坂本は言った。「よろしく頼む」

——居間へ戻ると、山形が有名な女優のドレスをデザインしたときの騒ぎについて、面白くしゃべっているところだった。

「——ところが、当日になって、彼女がそのドレスを着ようとしたら……」

と、山形が両手を広げて、「入らないんだ！　彼女は何と一週間で五キロも太ってたんだよ！」

明るい笑い声が起る。

「——さあ」

と、陽子はコーヒーを飲み干すと、「これを飲んでしまったら、もうやすみましょう。年寄りには、明日が大変」

「同感だ」

と、山形が言って欠伸をした。「ちゃんと眠くなって来たよ」

四人はコーヒーを飲み干し、居間を出て行った。

「——陽子」

山形が素早く小声で言った。「ちょっと話が」

「分ったわ」

陽子も小声で言って肯く。

「おやすみなさい！」

「おやすみ！」

陽子は、

「戸締りを見るから」

と、一人で残り、三人は階段を上って行った。

陽子がフロントの明りを消し、玄関の鍵を確かめる。

都心のホテルと違って、二十四時間出入りすることはないので、夜はロックする。

「陽子」

山形が戻って来ていた。

「どうしたの？」

「話がある」

「話だけ？」

陽子は山形を抱き寄せると、唇を重ねたのだった……。

17　迷う友情

「いやね、本当に……」

サロンのソファに横になって、陽子はちょっと照れたように笑った。

「僕のこと？」

と、身を寄せ合っている山形が訊く。

「自分のことを言ってるのよ。私、もう六十八よ。こんな年齢《とし》になって、まだ男の腕に抱かれていたいなんて……」

「君ならば、少しもおかしくないよ」

と、山形は言った。「今でも君は魅力的だ」

「まあ、ありがとう」

陽子は山形にそっとキスして、「世界的なファッションデザイナーなら、いつも美しいモデルたちを見慣れてるでしょうに」

「そうだ。——こうして久しぶりに会うんで、特に君のために四、五着、服をデザインした。ごく日常に着られるものばかりだ。でき次第送るから、受け取ってくれ」

「まあ、ありがとう！　楽しみにしているわ」

と起き上って、「あなた、何か話があるって言ってたわね。何なの？」

「ああ。——明美のことだ」

「明美がどうしたの？」

「いや、正確には、彼女の夫のことだ」

山形は、十万ドルないと、オットーが殺される、と明美に泣きつかれたことを話した。

「それはやめた方がいいわ」

と、陽子は言った。「一度助けたら、二度三度とくり返すわよ」

「その危険は分ってる」

と、山形は肯いて、「しかし、現実にオットーが殺されるのを黙って見ているわけには……」

「そうね。——明美を未亡人にするわけにもいかないし」

と、陽子は肯いた。「でも、これ一回きりと念を押しておかないと」

「それより、むしろ誰か弁護士にでも頼んで、オットーのことを任せようかと思ってる」

「任せる?」

「明美は、オットーが悪い仲間に誘われたと言って、その仲間のせいにしてるが、実際はオットーも、犯罪に手を出しているはずだ」

「それは確かよ。明美が思っているより、もっと色々のことにね」

「だから、その辺のことをオットーに証言させて、その代り足を洗わせるように、誰かに頼もうと思うんだ」

「それは一番いい方法ね」

「まあ、十万ドルは友情の証だ」

「気前のいいこと」

と、陽子は笑って、「でも——明美にきちんと話をしないと」

と、真顔になって、

「私から話しましょうか。あなたは言いにくいんじゃない?」

「確かにそうだが……。明美は僕以外の二人には知られたくないはずだ。やはり僕が話をするよ」

と、山形は言った。

「それなら任せるわ」

と、陽子は肯いた。「じゃあ、もう寝ましょうか」

「そうだな」

山形は伸びをして、「明日一番で送金の手配をしないと。少し早く起こしてくれるかい？」

「ええ、何時でも」

「君のキスで起こしてもらえると嬉しいけどね」

「それはお高いものにつくわよ」

と、陽子は山形の腕に抱かれて、サロンを出たのだった……。


やっとつながった！

明美は呼出音が聞こえて、ホッと息をついた。

「早く出て……。何してるの」

苛々と呟く内、やっと、

「アケミか」

と、オットーの声が聞こえた。

「オットー！　心配したわよ。さっきから何度もかけてるのに、つながらないんだもの」

「すまない。ちょっと出られなかったんだ」

「あのね、山形さんが十万ドル出してくれるって。もう大丈夫よ。安心して。——分った？　——もしもし？」

「ああ、分った。ありがとう」

と、オットーは言った。

「明日には手続きしてくれるから。催促して来たらそう言うのよ。ちゃんと払うからって」

「うん……」

オットーのしゃべり方がいやにぎこちなく不自然で、明美は気になった。

「もしもし？　オットー、大丈夫なの？　何だか変よ」

すると、突然別の男の声が、

「アケミさんか」

と言った。

「——誰？」

「エミールという者だ。ご存知かな」

エミール。——オットーから、「恐ろしい殺し屋」として名前を聞いたことがある。

「待って下さい。お金は用意できます。今、オットーにも——」

「聞いたよ」

と、エミールは遮って、「いいお友だちを持って幸せだね、アケミさん。いや、オットーがいい奥さんを持った、と言うべきかな」

「ともかく、ちゃんと支払います」

「それは当然だ。しかしね、オットーの言い忘れてたことがある」

「何のことですか」

「十万ドルは、オットーのせいでこっちが損をした金だ。しかし、それだけ返しゃすむってもんじゃない。しくじったことへの償いは全く別だ」

「そんな話は――」

「旦那も悪い奴じゃない。だから、うちのボスも無理は言わないよ。その十万ドルと合せて三十万ドルで、すべて忘れてやると言ってる」

明美の顔から血の気がひいた。

「そんなひどい……」

「旦那の命の値段としちゃ、安いもんだ。そうだろ?」

明美は言葉が出なかった。

またオットーに替って、

「アケミ、すまないが……」

「急に三倍もの金額を言われても……」

「何とかしてくれ！　頼む」

と、オットーが震える声で言った。

「オットー……」

「アケミ。今、そっちへ向ってるんだ」

「何ですって？」

「途中の町のホテルだ。明日の夕方にはインターラーケンに着く」

明美は絶句した。

オットーが山形の名を洩らしたので、向うは「もっと取れる」と考えたのだろう。

「明日の――夕方？」

「そうなんだ。連絡する暇がなくて」

「分ってるわよ」

明美は、腹も立たなかった。

エミールに脅されて震え上っているオットーが目に浮かぶ。

「アケミ――」

「明日、話してみるわ」

「ありがとう！」

「気を付けてね」

明美は通話を切った。

「――どうしよう！」

と、ベッドに崩れるように座り込んで、頭を抱える。

――山形にとっては、三十万ドルだって無理な額ではあるまい。しかし、問題は殺し屋のエミールだ。

明美にも分っていた。

これで言われるままに三十万ドルを払えば、エミールのような連中は、

「三十万出せるなら、五十万、百万でも」

と思うに決っている。

しかし、払わなければオットーは……。

明美は思わず立って窓辺に行くと、カーテンを開けた。

暗い夜の闇が広がっている。

それは、オットーと明美、二人を呑み込んでしまうかと思われた……。

18　朝の駅

「おや、先生、早いですね」

と、駅員のハンスが声をかけて来た。「一番列車で？」

「うん」

と、大村哲才は肯いて、「ちょっと旅行にね」

「そうですか。切符はあと十五分ほどしたら売り出します」

「分った。息子と二人だ」

「寒いですから、中で座ってて下さい」

と、若いハンスは親切に言った。「切符は持って来ますよ。終点までで？」

「うん、それでいい」

と、哲才は言った。

待合室に入って、和男が大欠伸する。

「お父さん。どうして急にこんな——」

「黙れ」

と、哲才は息子をにらんだ。

「これじゃまるで逃げ出すみたいじゃないの」

「当然だ。逃げ出すんだからな」

と、哲才はベンチに腰をおろす。「冷たいな、木のベンチは」

「じゃ、もう帰って来ないの？」

「誰もそんなことは言っとらん。あの坂本がこの町からいなくなれば戻る」

「いつ戻れるの？」

「分らん」

「そんな……」

「あいつとは顔も合せたくない」

「やっぱり、盗作って本当だったの？」

「大きな声を出すな」

と、哲才は言ったが、待合室にはスイス人らしい青年が一人いるだけだったので、「仕方なかったんだ。誰にも分らんと思っていた」

「あと、絵を持ち逃げしたって——」

「そんなことはしとらん！」

と、哲才はムッとした様子で言った。

「やれやれ。——由加さんにゃ振られるし、ろくなことないや」

と、和男はむくれている。「どこへ行くのさ？」

「まあ適当に旅して、何日かしたら〈フィオレ山荘〉へ電話してみる。坂本がまだいるかどうか」

「いい加減だなあ」

哲才は肩をすくめて、

「芸術家は気紛れなもんだ」

と言った。

すると——待合室のもう一人の客が、低い声で笑い始めたのである。

哲才はその男の方へ目をやった。

すると、その男が振り向いて、

「どうも、大村哲才先生」

と、日本語で言ったのである。

哲才はギョッとして、

「聞いてたのか！」

「聞こえますよ、いやでも」

「君は――誰だ？」

男は立ち上って、メガネを直すと、

「僕はロベルト・ザイツ。カール・ザイツの息子です」

と言った。

哲才は目をみはって、

「ザイツだと？　あのときの……」

「そうです。父からあなたのことは聞いていましたよ」

と、ロベルト・ザイツは言って、哲才のそばのベンチへ移って来た。

「こんな所で何を？」

と、哲才が訊く。

「いえ、僕も親父を継いで、同様の商売をしていましてね」

と、ロベルトは言った。「まあ、ちょっとまずいことになり、姿をくらましてるんです。

先生と同じですよ」

「やめてくれ」

と、哲才はふくれっつらで、「君のような詐欺師と一緒にするな」

「それはないでしょう。父は先生のインチキな絵を何十枚も売って、ずいぶん先生に儲けさせたはずですが」

「親父さんだって儲けた」

「そうです。――どうでしょう、先生。こうして出会ったのも何かの縁です。僕と組んで仕事しませんか」

「仕事？　しかし……」

「お話は伺ってました。坂本って、坂本則夫画伯のことですか？」

「ああ。今、この町にいる」

「なるほど。本物の巨匠ですからね」

「どうせ俺はインチキだ」

「そうふてくされないで下さい」

と、ロベルトは笑って、「悪いようにはしません。お互い、儲けて幸せになりましょうよ」

哲才は関心を持った様子で、

「何を考えてるんだ」

と言った……。

「詐欺師？」

由利子は駅から外へ出ると、息をついた。「あの人が？」

――ロベルト・ザイツと大村哲才の話を聞いてしまったのである。

朝、早々と目が覚めた由利子は、ぐっすり眠っている真由子を残して散歩に町へと出た。

むろん空気は凍えそうなほど冷たかったが、冴え渡って気持ちいい。

そのとき、あの大村父子がスーツケースをさげて歩いているのが目に入った。

どこへ行くのかと後を尾けてみたら――何と駅。

逃げ出すんだな、と直感して、そっと待合室の中を覗くと……。あのロベルト・ザイツが哲才へ話しかけるところだった。

「人は見かけによらない……」

と、由利子は呟いた。

ちょっとショックでもあった。ロベルトの人当りの良さに、いささかひかれていたからで――。

でも、むろん恋などというものじゃない。

それに、考えてみれば、ロベルトはあの列車の中で怪しげな連中にボカボカ殴られたりしていたし……。

「どうせ私は男を見る目がないのよ」

と、誰にも言われないのにすねている。

「あ、お姉様」

香子が向うからやって来た。旭子も一緒である。

「おはよう」

と、由利子は言った。「散歩?」

「ええ。気持ちがいい朝ですね」

と、香子は青空を見上げる。

「まあね」

「由利子、何だか機嫌悪そうね。どうしたの?」

と、旭子が言った。

「そんなことないよ」

「いかがです? そこのホテルのテラスでお茶でも」

と、香子が言った。

「いいわね」

飲み食いの話になると、すぐ飛びつく自分が由利子はいささか情なかった……。

テラスは外なので寒いが、朝の冷たい大気の中で熱いコーヒーを飲むのは、なかなかいい気分だった。

「——あ、あの人、ユングフラウの展望台にいた人じゃない？」

と、旭子が言った。

ロベルトが駅の方からやって来て、三人に気付いた。

「やあ！」

と、にこやかに手を振って、「洒落たことしてるね」

「おはよう」

と、旭子は言った。「ご一緒にいかが？」

「構わないのかい？」

「ご迷惑よ」

と、由利子は言った。

「いや、とんでもない。喜んで」

ロベルトがテーブルに加わる。由利子は目を合せないようにした。

「——まだこの町に？」

と、ロベルトが訊く。

「ええ、あと何日か」

と、香子は言った。「ロベルトさんは?」

「仕事の都合でね、どうなるか」

ロベルトはコーヒーをブラックで飲むと、

「旨い! いいなあ、この朝の透明な空気の中で飲むコーヒーは」

と、息をついた。「ねえ、由利子君」

「コーヒーはどこで飲んでもコーヒーでしょ」

と、由利子は素気なく言った。

そして、道の向う側へ目をやると、赤いジャンパーの女の子が、開店前の店のウインドウにもたれて、こっちを見ている。

金髪で、たぶん由利子たちと同年代だろうと思えた。色白で、鋭い顔立ちの少女だ。

その目はじっと由利子たちのテーブルを見つめているようだった。——誰だろう?

道をのんびりと馬車が通る。

その馬車が行ってしまうと、少女は道を渡って来て、テラスのすぐ下まで近付き、

「ロベルト」

と呼びかけた。

道の方へ背を向けていたロベルトは、振り向いて少女を見ると、ハッと立ち上りかけた。

突然、少女がジャンパーのポケットから手を出した。その手が小型の拳銃を握っている。

銃口はロベルトへ向いていた。

ロベルトは動けなかった。

とっさに香子が、コーヒーカップに付いたスプーンを投げつけた。

スプーンは少女の手に当り、同時に拳銃が発射された。ロベルトが腕を押えてうずくまる。

少女は香子をキッとにらむと、その場から駆け出して行った。

「――びっくりした！」

旭子が目を丸くして、「危いところだったね！」

ホテルの従業員がやって来ると、ロベルトの腕の傷を見て、奥へ連れて行く。

「由利子、行かなくていいの？」

「いいのよ。関係ないもの」

と、由利子は言って、コーヒーを飲んだ。

19　追われる男

「何かいわくありげですね」

と、香子が言った。

「何て言ってるの?」

由利子は、傷の手当をしてもらったロベルトが、ホテルの人間相手に、しきりにしゃべりまくっているのを眺めながら訊いた。

「ホテルとしては、銃で撃たれたのですし、ホテルの壁にも傷がついていますから、警察へ届けるべきだと」

「当然よね」

と、旭子が肯く。

「ところが、ロベルトさんの方は、『これはあくまでプライベートな出来事であるから、他言しないでくれ。もちろん、撃った女の子のことを訴える気もない』と……」

「自分が困るのよ、警察に訴えられると」

と、由利子が言った。

「お姉様、何かご存知なのですね？」

「まあね。――後で教えてあげる」

ロベルトが腕に包帯をして戻って来ると、

「やあ、心配かけたね」

「誰も心配してません」

と、由利子が呟くように言った。

旭子が笑い出しそうなのを、必死でこらえている。

「いや、女性の恨みは怖いね」

ロベルトは、訊かれもしないのに、「あの子とは一時期付合っていてね。まあ、見ての通り若いから、こっちは本気じゃなかったんだが、向うはすっかり真剣になっちゃってね。それでずっとつけ回されてるんだ」

その話し方はどう聞いても、「自分がもてて困る」と自慢しているようにしか聞こえない。

由利子は知らんぷりをしているので、香子が言った。

「それなら警察へ届けられた方がいいのでは？　銃で撃たれそうになったのですもの」

「そこが男の辛いところだよ。あの子を夢中にさせてしまったのは、僕が魅力的だったことが原因だ。大人の男として、その責任は取らなくちゃね」

そこまで言うか？　由利子もさすがに呆れて、ロベルトの顔を見てしまった。

「男は、女に傷つけられてこそ男だよ」

ロベルトはますます調子に乗ってしゃべっていた……。

「ロベルトって詐欺師だったの？」

〈フィオレ山荘〉に戻ってから、由利子は旭子と香子に、駅で立ち聞きした、ロベルトと大村父子の話について、話してやった。

「私が頭に来るのも分るでしょ」

「分る」

と、旭子が肯いた。

香子は少し考え込んでいたが、

「それでお姉様、その三人の企んでいることについては？」

「そこまで聞いたら、腹が立ってね。さっさと来ちゃった」

「そうですか」

「どうして？」

「うまくいけば、色々なことが一度に解決できるかな、と……」

三人は由利子の部屋で話していたので、当然のことながら、妹の真由子も話を聞いていた。

「それって――」

「例の、山形さんが明美さんに貸すことになっている十万ドルです。もしロベルトや大村父子がその話を耳にしたら、黙っているわけがありません」

「そうだね」

と、由利子は肯いた。「あの三人の話を、ちゃんと聞いときゃ良かった」

「一つ確かめておきましょう」

と、香子が言った。「大村父子がこの町を出たのか、それともまた戻ったのか」

「それなら調べなくても分る」

と言ったのは真由子だった。

「何よ、どうしてあんたに分るの？」

と、由利子が言うと、

「だって、ついさっき見たもの。その二人」

「大村父子を？」

「うん。坂本さんって絵描きさんと話してたよ」

真由子が得意げに言った。

「——となると、あの父子とロベルト・ザイツが、坂本さんを巻き込んで何か企んでいるようですね」

「気を付けないと」

と、由利子は不安げに、「分ってて見過したら、後で取り返しのつかないことになる」

「坂本さんは大村哲才がインチキだとご存知なんですから、心配ないでしょう。ただ、大村たちが何を考えているのか……」

と、香子が考え込んだ。


ランチの前に少し散歩しよう、と四人は町へ出た。

洒落た店が並ぶ商店街を歩いていると——。

「あ！」

と、旭子が足を止めて、「見て！　あの子だわ」

赤いジャンパーを着た金髪の少女。——さっき、ロベルトに向けて発砲した女の子である。

少女は、ソーセージをパンに挟んで売っている、立ち食いの売店の前に立っていた。

ポケットを探って小銭を数えている。

「お金、なさそうだね」

「みんなで一つパクリとやりますか」

と、香子が言った。「それで、ランチが食べられなくなるという方は……」

誰もいなかった。

香子はその売店へ行くと、

「五つ」

と頼んだ（もちろんドイツ語で）。

金髪の少女がハッとする。

「さっき邪魔したお詫び」

と、香子はドイツ語で言った。

少女は面食らっている様子だったが、ソーセージとパンを受け取ると、我慢し切れないように食べ始めた。

――四人と金髪の少女は、日当りのいい場所で腰をおろした。

「旨い！」

アッという間に食べてしまう。

「――私はピア」

と、少女が香子に言った。

香子は自己紹介して、他の面々も紹介した。

「さっきはありがとう」

と、ピアが言った。「ロベルトなんか撃って、捕まったりしたら、それこそ馬鹿らしいわ」

「ロベルトが詐欺師だということは、私たちも知っています」

と、香子は言った。「ロベルトはあなたが振られて恨んでると言ってましたが」

「そんなこと！　あんな男に恋なんかしないわ」

「じゃ、他の理由があるんですね？」

「あの男のために、うちは破産したの」

と、ピアは言った。「父は自殺してしまった。母も病気で死に、私は一人ぼっちになったの」

「ロベルトに騙されたのね？」

「ええ。――父は工場で働いていたけど、仕事中にけがをして、辞めなきゃいけなかった」

と、ピアは言った。「そんなとき、ロベルトが父に儲け話を持ちかけて来た。確実な投資で、利子だけで生活していける、と吹き込んで……」

「そんなこと、あるはずないのに」

「そうなの。でも、父はそういう方面の知識は全くないので、すっかりロベルトを信じてしまって……」

「お金を失ったのね」

「退職金、保険金から、母の預金まで何もかもを失った。ロベルトは姿を消し、父は川へ身を投げて……」

「ひどい奴ね」

「ここまで追いかけて来たけど、もう泊るお金もない。——ソーセージ代も」

と、ピアは言った。

「ご心配なく」

と、香子は微笑んで、「このソーセージ代、ロベルトに払わせましょう。あなたのこれまでの貸しも含めてね」

「力になってくれるの？　でも、どうして？　何の縁もないのに」

「こうして出会ったのが縁です」

と、香子は言って、「ちょっと待って下さいね」

香子は、ここまでの話を、由利子たちに訳して聞かせた。

「ピアさんがロベルトに仕返しできるように、力になってあげませんか？」

「もちろん賛成よ」

と、由利子は言った。「でもさ、もう少しまめに通訳してくれない？」

20 釣り針と魚

どこかで聞いた声だな。

ロベルト・ザイツは、町中のスーパーマーケットをぶらついていて、足を止めた。

そっと棚のかげから覗くと、あの日本人の女の子たちだ。

ロベルトは、声をかけようかと思ったが、声をひそめて話している二人の様子が気になった。

あの由利子という子と、旭子という子の二人だ。二人でお菓子を買い出しに来たらしい……。

内緒の話というのは大好きだ。

人の秘密の中に、儲け話が隠れているからである。ロベルトは、そういう点、鋭く効く鼻を持っている。

「――十万ドル?」

という言葉が耳に飛び込んで来て、ロベルトはハッとした。

「しっ。大きな声出さないで」

と言っているのは由利子だ。

「ごめん。だって、びっくりするよ」

「まあね。当然だけど」

「本当に十万ドルも？」

「間違いない。立ち聞きしたんだ、私」

「い、あの山形健児だものね。十万ドル出してもふしぎじゃないか」

「そうよ。あの人にしてみりゃ、十万ドルなんて大した金じゃないわ」

「じゃ、現金で持って来るの？」

「そうみたい。だからさ、きっとあんまりまともな取引きじゃないのよ」

と、由利子は言った。

「どうして分るの？」

「普通なら、十万ドルもの買物は、現金じゃしないわ。カードか振り込みか。はっきりと証拠が残る形でするわ」

「なるほどね」

「それを、わざわざ現金でここまで届けさせるんだもの。——まともな使い道じゃないわね」

由利子が自信ありげに肯く。「この話、他の人には内緒よ」

「うん、分ってる！　凄いなあ、十万ドルか」

「さ、もうお菓子はこれで充分だね。行こうか」

二人がカゴを下げてレジへ向う。

ロベルトはそっと見送って、

「楽しいね。——これだから立ち聞きってのはやめられない」

と呟いた。

十万ドルと聞いては、放っておけない。

あの〈フィオレ山荘〉に山形健児が泊っていることは、あの大村から聞いていた。

山形なら、何か気が向いて、十万ドルくらいの買物をしてもおかしくない。

しかも、その十万ドルは現金で届けられ、「まともでない」使い道……。

まあ、その辺はあの女の子の想像だが、ロベルトも同じ印象だった。

してみると、十万ドルは少なくとも今夜は〈フィオレ山荘〉に置かれている……。

「黙って見逃しちゃ、ロベルト・ザイツの名がすたる」

と言ったかどうか……。

列車が停ると、明美は降りて来る客を素早く見て行った。

すぐに見分けた。――オットーだ。

「あなた！」

明美は駆け寄った。

「迎えに来てくれたのか」

オットーは明美を抱いてキスすると、「心配かけてすまないな」

明美は、まじまじと夫の顔を見上げて胸が痛んだ。

「あなた……。怖い思いをしたのね」

オットーの肌はカサカサに乾いて、目は不安げに妻を見ている。

一瞬、明美は、「この人は死ぬ」と感じてゾッとした。

いいえ！　やめて！　まだいやよ。一人にしないで！

「――エミールという人は？」

と、明美は訊いた。

「もう改札口の辺りにいるだろう。――君が来ているのを知ってたのかな」

「逃げられないの？」

「むだだ」

と、オットーは首を振って、「たとえここで逃げても、どこかで他の奴に捕まる」

「そうね……。私たちの年齢《とし》じゃ、そう遠くまで逃げられないわね」

明美はオットーのバッグを持つと、「一緒に泊るの？」

「君のお友だちの所に泊るわけにはいかない。駅の近くのホテルを取ったよ」

「そうね。エミールという人も？」

「隣の部屋だ。ともかく恐ろしい男だ。下手な小細工をしたら、容赦なく殺される」

二人が駅を出ると、黒いコートのエミールが立っていた。

「話はついたかね」

「あなたがエミールね」

明美はじっと相手を見つめて、「十万ドルは今日用意してくれるけど、残りのお金については、まだ話す機会がないの」

「待つよ、何日でも」

「今夜、何とか二人になる時間を作って話すわ」

「当てにしてるぜ。——我々はそこのホテルだ」

と、目をやって、「まあ、ご夫婦でゆっくりしな。邪魔はしないよ」

油断のない目つきだった。

エミールが一人、先にホテルへ向う。

「あなた。——何かお昼でも食べる?」

「ああ。エミールと二人じゃ、味なんか分らなかった」

「そうだと思ったわ」

明美は夫の腕を取って、レストランに入って行った。

——香子は、黒いコートの男が入って行ったホテルを眺めていた。

明美が駅へ向うのを見かけて尾けて来たのだったが……。

「そこにいたのか」

と、由利子がやって来た。

「ご苦労様でした。首尾は?」

「上々。ロベルトは食いついて来たよ」

「結構です。——今、明美さんがご主人と」

「着いたの?」

「もう一人の男が気になります」

「もう一人って?」

「普通じゃありません。殺気のようなものを感じました」

香子はケータイを取り出した。

「どうするの？」

「そこのホテルへ入ったんです。そのホテルチェーンの経営者を父が知っているので。今の男のことを調べてもらいます」

「はあ……」

あちこち知り合いがあるってのは便利だね、と由利子は思った。

車を降りると、桃井陽子は、

「ここよ、アドルフが見付かって、運ばれたのは」

と言った。

坂本が車から降りて、

「山の冷気だな」

と言った。「忘れていたよ」

吐く息が白い。――雪をかぶった山々が、頭上へのしかかって来るようだった。

「うん。やはりここへ来てみないと描けなかったな。――このどっしりとした山の存在感は、肌で感じないと」

坂本は陽子を見て、「それで、アドルフを殺したのが誰なのか、分ったのか？」

「いいえ、まだ」

と、陽子は厳しい顔で言った。「でも突き止めるわ、必ず」

「そうだろう、君ならきっとやる」

「力を貸してね」

「むろんだとも」

「罪を償わせてやるわ」

二人は、しばらく無言で、山に向って立っていた。

21　札束の引力

大都会になら、いかにも似合いそうなビジネスマン。

スーツにネクタイ。アタッシェケースを手にしている。

車が駅の前に寄せて、降り立ったのは山形健児だった。

「ご苦労」

と、山形は言った。

「では確かに」

と、スーツ姿の男はアタッシェケースを山形に渡して、「これで帰ってよろしいのですか?」

「一応今夜は泊れ」

と、山形はアタッシェケースを車の座席へ入れて、「駅前のホテルなら、どこか空いているだろう」

「かしこまりました」

「何か用があれば、ケータイにかける」

「いつでも駆けつけます」

スーツ姿の男はヨハン。山形の秘書である。三十歳前後のはずだが、年齢のよく分らない顔立ちをしている。

山形は車に乗って、すぐに〈フィオレ山荘〉の方へと戻って行った。

——その光景を、離れた所から見ていたのがロベルト・ザイツだった。

「あれが十万ドルだな」

と呟くと、正に舌なめずりせんばかり。

「よし……」

ロベルトは何を考えたのか、急ぎ足で自分の泊っているホテルへと向った。

そして——実はもう一人、同じ場面を眺めていた男がいる。

オットーに同行して来た、殺し屋、エミールである。

「さすがだ……」

たとえ友人のためとはいえ、ポンと十万ドルという金を出せる人間はそういない。

山形がたった一日で十万ドルの現金を用意したことで、エミールはさらに欲が出て来た。

「三十万ドルじゃ安過ぎたな」

少なくとも百万は要求するべきだった。

今からでも遅くない。

いつも冷静なエミールだが、このときは「百万ドル」が頭を占めて、他のことに注意が向かなかった。

ホテルのロビーを抜けて行くと、ソファに座っていた少女がチラッと目を上げてエミールを見る。

ケータイでメールを打っているように見せて、香子はエミールの写真を撮った。同時に大きな咳をしてシャッター音を消した。

エミールがエレベーターに姿を消すと、香子は今撮ったエミールの写真をメールに添付して送った。

「これでよし、と……」

香子はケータイをポケットへ入れると、ホテルを出ようとした。

「お嬢様」

ホテルのフロントの若い男が香子を呼び止めた。日本語が達者だ。

「色々ありがとう」

と、香子は言った。「父がよろしくと」

「恐れ入ります」

と会釈して、「実は——」

「え？」

「今、バーの中で、ご夫婦が……。どうも深刻そうでして。気になったものですから」

「ありがとう」

香子はホテルのバーへ入って、中を見回した。

奥の席に、明美が夫と座っているのが見えた。——香子は、飲物を運ぶウエイターのかげに隠れて、二人の席の近くに座ると、

「ペリエ、ビッテ」

と、ドイツ語で頼んだ。

明美は、しかし香子だけでなく、他の客の姿など、目に入っていない様子だった。

「頼むよ」

と、オットーが明美の手を握って、「これが最後だ」

「オットー。あなただって分ってるでしょう？　あのエミールが、これっきりで本当に諦めるわけがないってことぐらい」

「それは……」

「山形さんは、私が手をついて頼めば、あと二十万ドル、何とかしてくれるかもしれないわ。でも、エミールがまた要求して来たら？　それこそ、もう逃げ場がないわ」

「しかし……。なあアケミ、これには僕の命がかかってる」

「分ってる。だから言ってるの。一旦いい金づるだと思われたら、いつまでも絞り取られるわ。ね、警察へ行って、話をしましょう」

明美の口調も必死だった。それは聞いている香子の胸が痛んだほどである。

しかし、その明美の気持はオットーには伝わらなかったようだ。

「アケミ……。そんなことをすれば、僕は間違いなく殺される。僕が殺されてもいいのか？」

「まさか、そんなこと……」

「じゃ、助けてくれよ。ともかく金を作って渡すしか方法はないんだ」

オットーの言葉は、明美の中の「何か」を打ち砕いた。当のオットーにはそれが分っていなかったが……。

明美はしばらく黙って目を伏せていた。そうして待っていれば、オットーが何か言ってくれるかと、かすかな希望をつないでいたのかもしれない。

だが、オットーは何も言わなかった。

明美は大きく息を吐くと、

「——分ったわ」

と言った。「何とか、山形さんに頼んでみるわ」

「ありがとう！」

オットーは明美の手を取って、唇をつけた。

「君の愛に、何としても答えるよ」

「もう行くわ」

と、明美は立ち上った。「あなた、まだいるの？」

「ああ……。あと一杯だけ飲んで行くよ。よく眠れるようにね」

「あんまり飲み過ぎないでね」

明美は財布を出すと、紙幣をテーブルに置いて、「これで払って」

「いや、ここの払いぐらいは……」

「ホテル代だってかかるわ。いいから」

「ありがとう。すまないね」

と、オットーは言った。「アケミ」

「何？」

と、行きかけた明美が振り返る。

「キスは？」

「ああ。――そうね」

明美はオットーに軽くキスをして、バーから出て行った。

オットーはワインをもう一杯注文した。

バーに入って来たのは、エミールだった。

「話はついたのか」

エミールはオットーの向いの席に腰をかけて言った。

「うん。かなり渋ってたけど、あと二十万ドル、何とか頼んでみると……」

「そいつは良かった」

エミールは肯いて、「これで俺もあんたを消さずにすむ」

エミールはカクテルを頼むと、

「持つべきものは、金持の友人だな」

と言って、ニヤリと笑った。

オットーはワインを飲みながら、

「なあ、エミール。列車で話してくれたことだけど……」と、おずおずと切り出した。「つまり……今度の件で儲けさせたら、組織の仲間に入れてもらえる、って……」

「忘れちゃいないよ。だが、あんたはもう若くない。組織に貢献するにしても、荒っぽい仕事は無理だしな」

「そいつは自分でも分ってる。でも……」

「三十万ドルだけじゃだめだ。これはあんたの失敗を償ってもらっただけだからな。まあと――合計で百万ドルは稼がせてもらわないと」

「百万……。とてもそんな金は……」

「天下の〈ケンジ・ヤマガタ〉がついてるんじゃないか」

「でも、知ってるのはアケミだ」

「そのアケミはあんたの女房だ。言うことを聞かせろ」

「だが……」

「仲間になれば、どこででも大きな顔ができるぞ。若いチンピラたちに脅されてびくびくしなくて済む」

オットーは唇をなめて、

「本当に俺を……」

「百万ドルだ。――いい考えがある」

「というと?」

「〈ケンジ・ヤマガタ〉を人質に取るのさ」

「人質?」

「なに、ちょっと痛い目にあわせて、誘拐するんだ」

「何だって?」

「殺しゃしない。誘拐しといて、身代金をせしめる。百万ドルくらい、すぐ払うさ」

「しかし……」

「ちゃんと生かして返すさ。――あんたは、アケミの名で奴をどこかへ呼び出せばいい。後は俺が上手くやる」

オットーは手が震えて、グラスを持っていられなかった……。

22 決意

「さあ、十万ドル入ってる」

と、山形はアタッシェケースを置いた。

「ありがとう……」

明美は頭を下げた。

「オットーが無事だといいね」

「ええ……」

〈フィオレ山荘〉のサロンで、明美は山形から十万ドルを受け取った。

「ご恩は忘れないわ」

「いいんだ」

「いいえ、よくないわ。きっとこのお金は返すから」

と、明美は首を振った。

「そんなことはいい」

と、山形は言った。「君が十万ドルという金を工面するのは大変なことだよ。それよりも、むしろ今後のことの方が心配だ」

「今後のこと？」

「オットーを殺すと脅している奴らが、これで満足するかどうかだ」

明美が目を伏せる。とても山形の顔を、まともに見ていられなかった。

「いい弁護士を紹介するから、会ってみるといいよ」

と、山形は言って、メモを渡した。「そこへ電話すれば話は分っているからね」

「ありがとう……」

「ともかくオットーとその連中の縁を断ち切らないと、いつまでも同じことのくり返しになる」

「くり返させないわ」

と、明美は言った。「約束する。決してくり返させないわ」

「分ったよ」

山形は明美の手を軽く握って、「しかし、いいね。くれぐれも無理をしないでくれ」

「ええ……」

明美は涙を拭って、「ありがとう……」

と立ち上ると、もう一度深々と頭を下げた。

「その金をどこへ届けるんだい？」

「それが——オットーがこの町へ来ているの」

「今？　何だ、それならここへ連れて来ればいいじゃないか」

「そんなわけにも……。ともかく、これを渡すわ」

「ああ」

明美がサロンから出て行く。

少しして、廊下から陽子が入って来た。

「——聞いてたかい？」

「ええ」

陽子は肯いて、「もう、次の要求が来ているのね」

「僕もそう思った」

と、山形は肯いて、「とても言い出せなかったんだろう」

「可哀そうだけど、オットーはもう救えないかも」

陽子はソファにかけると、「坂本さんに大村父子が会いに来たの、知ってる？」

「うん。ロベルト・ザイツって男と一緒だろ？」

「知ってるの？」

「怪しげなんで、友人に頼んで調べてもらった。とんでもないペテン師だ」

「私も聞いたわ」

「誰から？」

「可愛い名探偵さんたちから」

と、陽子が言うと、

「お邪魔します」

と、由利子、旭子、それに真由子が入って来た。

「君たちか。――花園学園の名物トリオだそうだね」

「どうしてそんなこと……」

と、由利子が目を丸くした。

「花園学園のホームページに載ってるよ」

由利子たちが唖然とすると、山形が笑って、「冗談だ。友人の孫が花園学園に入っててね、評判を聞いたんだよ」

「何だ、びっくりした」

「有名人なのは確かなようね」

と、陽子が言った。

「で、ロベルト・ザイツのことですが」

と、由利子が見聞きしたことを話すと、

「坂本さんも分ってるんだろ？」

と、山形が言った。「何を狙ってるのかな」

「とりあえずは、今山形さんが渡された十万ドルです」

と、由利子が言った。

「何だって？」

「あの十万ドルで、悪い奴らをつり上げようってことなのよ」

と、陽子は言った。

「人間、目の前の現金には弱いですから」

と、旭子が言った。

「君たち、とても十七歳とは思えないね」

と、山形が笑うと、

「私はまだ十四です」

と、真由子が強調した。

「なるほど」

そこへ、

「失礼いたします」

と、香子が入って来た。

「香子。どこ行ってたの？」

「オットーさんたちの泊っておいでのホテルです」

「じゃ、会ったの？」

「見ました」

と、香子は言った。「オットーさんと明美さんのお話も……」

「あなた、ドイツ語が分るのよね」

と、陽子が言った。

「要求額は三十万ドルになっていました」

「三十万？　それで明美は……」

「さらに、百万ドルという計画が」

「百万か！　そういう連中なら……」

「エミールという組織の男が、オットーさんについて来ています」

と、香子は言った。「殺し屋でしょう。ただ者でない雰囲気があります」

「明美は大丈夫かしら」

「エミールという男の写真をケータイで撮って送りました」

と、香子は言った。「国際刑事警察機構で手配中の暗殺犯だと分りました」

「大した子だな、君は」

と、山形が目をみはった。

「一番救うべきは明美さんです」

と、香子は続けて、「気の毒ですが、オットーさんはもうエミールの言うなりです」

「分るわ」

「それで……」

香子が話を続けていると、

「――陽子さん」

と、顔を出したのは、野沢由加だった。

「どうしたの？」

「あの……父が連絡して来ました」

「ホセが?」

「私だけに会いたい、と。——でも、陽子さんにはお話しておくべきだと思って」

「ありがとう」

陽子は立ち上って、「帰って来るの?」

「ええ。——明日の晩には」

「じゃ、ともかくあなたが話を聞いてちょうだい」

「分りました」

由利子が咳払いして、

「由加さん。ちょっとお力を借りたいんですけど。上条さんの」

「ええ、もちろん。——何か荷物でも運ぶの?」

「いえ、明美さんと山形さんのボディガードです」

「まあ……」

由加は目をパチクリさせて、「あの人、腕力には自信あるみたいよ」

「もしかすると……」

と、香子が考え込みながら、「いかがでしょう? 色々下心のある人々をまとめて引っかけてみませんか?」

「面白そう！」

と、真由子が目を輝かせて、「私の出番は？」

「あんたは子供だからだめ」

と、由利子がにらむ。

「三つしか違わないくせに」

陽子がふき出して、

「仲のいい姉妹ね。——アドルフの死について、ホセの話を聞きたいわ。真相が分れば……」

「何でしたら、それもまとめて？」

香子の言葉に、みんな唖然としたのだった……。

23　侵入者

カチャッと小さな音がして、簡単にロックが外れた。

「子供でも開けられるな」

と呟いて、そっと〈フィオレ山荘〉の中へ入って来たのは、ロベルト・ザイツ。

深夜の〈フィオレ山荘〉は静まり返っている。都会のホテルと違って、防犯のセキュリティは設置されていないのだ。

——十万ドルだ。

ロベルトは、夕食のとき、ここへやって来て、山形健児がどの部屋に泊っているか、調べておいた。

元来は詐欺師で、こういう「実践」は得意でないのだが、こと十万ドルのためとなれば話は別だ。

むろん、ホテルの中は真暗というわけではない。足下が見えるくらいの常夜灯は点いている。

ロベルトは階段を上って、ごく簡単に山形の部屋の前にやって来た。

山形は一人のはずだが、油断はできない。しばらくドアに耳をつけて、中の様子をうかがっていると——。

ゴーッ、カタカタという物音。

「何だ？」

と、首をかしげていると、チーンと音がして、エレベーターの扉が開く音。

古いエレベーターの動く音だったのか！

まずい！　ロベルトはあわてて廊下の暗がりへ飛び込んで身をひそめた。

「ちゃんと前払いでもらわなきゃね」

「もちろんよ。山形さんだって分ってるわ」

聞き憶えのある日本語。

ロベルトは、由利子と、友人の旭子の二人がパジャマ姿でやって来るのを見た。

二人は山形の部屋の前で足を止めると、

「ここだっけ？」

「そうよ。一番広い部屋だもん」

と、由利子が肯く。「ね、二人だからって値切られないようにしようね」

「一人十万円だよ」

「そうそう。あんなおじいさんと遊んであげるんだから、それくらいもらわないと」

――ロベルトは聞いていて呆れた。

山形がそんな趣味の持主だったとは！　しかも、高校生の二人が、こづかい稼ぎだか何か、夜中に山形の部屋へ忍んで来るに至っては、全く嘆かわしい！

柄にもなく、ロベルトは本気で腹を立てていた。

そんな奴からは十万ドルいただいたって一向に構うもんか！

由利子がドアをノックすると、少ししてドアが開いた。

「よく来たね。待ってたよ」

と、山形が二人を中へ入れる。

ロベルトは、もう一度ドアに歩み寄ると、中の様子をうかがっていたが、やがてドアの鍵をアッサリと開けてしまい、そっと中へ忍び込んだ。

リビングには誰もいない。奥のベッドルームの方から笑い声が聞こえている。

そっと近付いてみると、声はさらに奥のバスルームから聞こえていた。閉ったドア越しに、女の子たちの弾けるような笑い声と、山形の声が聞こえて来た。

そしてシャワーの音も。

「せいぜい楽しんでろ」

と呟くと、ロベルトは素早く室内を捜し始めた。

クローゼットの中を調べ、それからベッドのそばのテーブルを見ていたときだった。

廊下の方のドアが開く音がしたのだ!

誰だ? ロベルトは一瞬立ちすくんだ。

ヒソヒソと話す声がした。——一人ではない。

ロベルトはベッドルームの明りを消すと、身を隠す所も時間もなく、ベッドの中へ潜り込んで、頭まで毛布をかぶった。

こっちへ入って来た気配がある。——誰がやって来たのだろう?

別に十万ドルを狙う人間がいたのか。

ロベルトが息を殺していると——人の動く気配がなくなって、はて、と思った。

すると、突然ロベルトは体を毛布の上から押え付けられ、声を上げる間もなく、毛布でグルグル巻きにされて抱え上げられてしまった。

「おい——」

と、もがこうとすると、いきなり腹の辺りを殴りつけられ、ロベルトは気が遠くなった。

そして侵入者たちは毛布ごとロベルトをかついで、さっさと出て行ったのである。

そっとバスルームのドアが開いて、由利子が顔を覗かせる。

「あれ?」

「どうしたの?」

と、旭子が訊いた。

「誰もいないよ」

バスルームから、山形たち三人が出て来た。

もちろん、シャワーを出して音を聞かせていただけで、三人とも服は着ている。

「ベッドが乱れてる」

と、旭子が言った。「どうしたんだろ?」

「うたた寝してったとか?」

「まさか」

「やれやれ」

山形はタオルで汗を拭った。バスルームの中に閉じこもっていたので、のぼせてしまったのだ。

「暑いせいだけじゃないね。君たちみたいな十代の女の子二人と一緒にいて、緊張しちまったよ」

「少しは色気出て来たかな」

と、由利子が得意げに言った。

そこへ、香子がやって来て、

「山形さん、ご無事だったんですね」

「何ともないよ。しかし、誰かがベッドの毛布をはがして持って行った」

「はい。見張っていました」

と、香子は肯いて、「あのエミールという男が、他に三人連れてやって来て、毛布にくるんで山形さんを運び出したんです」

「僕はここにいるが」

「ええ。連れて行かれたのは、ロベルト・ザイツでしょう。その少し前にここへ忍び込んでいますから」

「じゃ、人違い？　傑作だ！」

と、由利子は笑って、「あの詐欺師は自業自得よね」

「それは確かです」

と、香子は肯いて、「でも、エミールという男は冷酷な殺人者です。人違いだということは一目で分りますから、そうなるとロベルト・ザイツはすぐに殺されるでしょう」

由利子の顔から笑いが消えた。

「香子……」

「やはりそれは後味がよろしくないのでは?」

「うん……。別にロベルトをどう思ってるってことじゃなくて、殺されるのは可哀そうな気がする」

「お姉様のやさしさですね」

「人をからかわないで」

「からかってなどおりませんわ。それがお姉様のいいところなのです」

「どうせ他に取り柄はないって」

と、ひねくれる由利子だった。

「ご心配には及びません。ちゃんと手は打ってあります」

と、香子は言った。「私どもも参りましょう」

山間部の暗闇の道で、車は停った。

「──ここでいいだろう」

と、車から降りたエミールは周囲を見回した。

急流の音が足下から立ち上って来る。

「おい、降ろせ」

と、エミールが命じると、車の後部に押し込まれていた毛布の包みが運び出され、一人が毛布の端を引張ると、中から男が転り出た。

手にしたライトを当てて、エミールは目をみはった。

「何だ、こいつは！　山形じゃないぞ！」

「当り前だ。何度もそう叫んだのに」

「誰だ？」

「ロベルト・ザイツだ」

「なぜ山形のベッドにいた？」

「十万ドルを捜してたんだ。そしたら誰か入って来る気配がしたんで隠れてた」

と、ロベルトは起き上って、「ああいてて……。ひどい扱いだな。山形を誘拐してくるつもりだったのか？」

「お前じゃ金は取れそうにないな。気の毒だが、運が悪かったと諦めろ。おい、その辺の川へ放り込め」

「待ってくれ！」

ロベルトは焦って、「人違いでも、俺は警察へ届けたりしない。そんなことすりゃ、自分の身がやばいからな。——分るだろ？」

「小悪党か」

「どっちが〈大〉か〈小〉か知らないけど、ともかく悪い奴同士だ。助け合おう」

「俺は人の手は借りない」

「だけど——俺を殺したって、何にもならないぞ。な、無益な殺人はやめてくれ」

「あいにくだが、俺にとっちゃ無益じゃないんでね」

と、エミールは言った。「おい、こいつを川へ放り込め」

「やめてくれ！　助けてくれ！」

エミールの手下の男たちに抱え上げられ、ロベルトは叫んだ。しかし暴れるにも、恐怖で体がこわばって動けないのだ。

「よく声が響くな。さすが山の中だ」

と、エミールが笑って言った。

そのとき——いきなり強烈なライトがエミールたちへと降り注いで、さすがのエミールも立ちすくんだ。

「動くな！」

と、拡声器の声が響く。「国際警察だ！　手配犯エミールこと、ポール・クローン！　逮捕する！」

「畜生！」

道の前後を、走って来た車でふさがれ、逃げ道は絶たれた。エミールは、

「捕まってたまるか！」

と、流れの方へと駆け出した。

しかし、白い筋が空《くう》を切って、エミールは、

「アッ！」

と、声を上げて倒れた。

エミールの右の太ももに矢が刺さっていた。

刑事たちが一斉に駆けつけて来て、エミールに手錠をかける。

「――何て子だ」

と、上条が唖然として言った。「君、オリンピックの選手か何かか？」

「いえ、ほんのまぐれ当りです」

と、香子が弓を手に微笑んだのだった……。
山道はたちまち明るく照らし出され、大勢の人々で埋った……。

24　長い償い

「本当にありがとう」

ロベルト・ザイツが深々と頭を下げる。「君らのおかげで命拾いした」

「頭を下げるなら、相手が違います」

と、由利子が言うと、〈フィオレ山荘〉の居間に少女が入って来た。

「——ピアか」

「殺されれば良かったのに！」

と、ピアはロベルトをにらみつけた。

「罪を償わせることです」

と、香子が言った。「あなたの他にも、この男のせいで泣いている人が大勢います」

「そうね。——でも許さない」

居間へ、由加が入って来ると、

「大村父子が夜逃げしたそうよ」

と、報告した。「いずれ、またどこかで悪いことして捕まるわ」

「放っておきましょう」

と、桃井陽子が言った。「それより、明美……」

「ごめんなさい！」

明美は涙ぐんで、「元はといえば、オットーのせいで山形さんの命まで狙われて……」

「いいんだ、明美」

と、山形は言った。「だが、オットーは残念だが、もう立ち直れないだろう」

「ええ、分ってるわ」

明美は涙を拭って、「突き放すのが、あの人のためなのね。やっと分ったわ」

「よく言ったわ、明美」

陽子が明美の肩を抱いた。

「陽子……。できたら、私をここで使ってくれない？　お掃除とか洗濯とか……」

「あいにく手は足りてるわ。明美はここに滞在して、翻訳の仕事をして。夕食作りの手伝いをしてくれるぐらいでいいわ」

「喜んで！」

と、明美は泣きながら陽子の肩に頰を埋めた。

——大捕物の一夜が明けて、〈フィオレ山荘〉は明るい朝の日射しに包まれている。

「陽子さん」

と、由加が言った。「父が——」

ホセ・野沢が居間へ入って来る。

「まあ、ホセ！ よく帰って来てくれたわね」

と、陽子はホセの手を固く握り、「四十年前のことより、今あなたを失うことの方がずっと辛いわ」

「いや、やはり過去ははっきりさせて乗り越えなければ」

と、ホセは言った。「この男を憶えてるか？」

白髪の老人がおずおずと入って来た。

「あ！」

と、声を上げたのはロベルト・ザイツだった。「父さん！」

「ロベルト……。お前、こんな所で何してる！」

「カールね！」

と、陽子が言った。「姓は知らなかった。じゃ、カール・ザイツという名だったの？」

「あのとき、このカール・ザイツも一行の中にいたんですね」

「父さん……」

ロベルトの話を聞くと、カールは息子を抱きしめ、

「何てことだ……。息子の命の恩人が、陽子の友人とは……」

「なぜアドルフを殺したの？」

と、陽子が厳しく問いつめる。

「殺す気はなかった」

と、カールが言った。「あのころ、金に困ると、よくここのフロントから小銭を盗んだものだ。アドルフはそれを目撃して、怒っていた」

「そのことで——」

「登山の途中で言い合いになった。他のメンバーに聞かれては困ると思ってナイフを——」

カールはうなだれた。

「父さん……」

ロベルトが呆然として、「こんな偶然があるんだね」

「犯した罪からは逃れられないのです」

と、香子が言った。

「すまない！」

カールが床に手をついた。

「――ホセ。ありがとう」

と、陽子が言った。

「君の役に立てれば、それでいいんだよ」

と、ホセは照れたように言った。

坂本が立ち上ると、

「いや、みんなから勇気をもらったよ」

と言った。「身辺を片付けてからでなきゃ、山の絵は描けないね」

「則夫、どういうこと？」

「僕は伸也という若い男を置いているが、向うは僕を単なる金づるとしか見ていない」

と、坂本は言った。「なかなか思い切れなかったが、みんなの勇気に打たれた。一旦帰って、伸也と仲間を叩き出して来る」

「しっかりね」

「ああ。そして、アドルフと山の絵を描こう。それを元にして壁画にする」

坂本は足早に出て行った。

「お父さん……」

由加がホセの手を取って、「お話があるの」

「分ってる。上条君のことだろ。——幸せになれよ」

「ありがとう！」

由加がホセに抱きついた。

「——おめでとうございます」

と、香子が言った。

「ありがとう！」

由加は輝くような笑顔を見せて、「ぜひ、あなたたちも結婚式に出てね」

香子と由利子は顔を見合せ、

「出席したいのはやまやまなんですけど」

と、由利子が言った。「さすがに、あんまり学校をサボると、まずいんです」

「あ、そうか」

と、由加は笑って、「じゃあ——明日なら？」

「いいアイデア！」

と、真由子が手を打った。

「要するに、自分たちも早く式を挙げたいんでしょ」

と、陽子がからかって、「じゃ、明日式を挙げましょう。——お祝の仕度を」

「お二人の幸せな姿を拝見して、私たちは帰国します」

と、香子は言った。

「また何かに巻き込まれなきゃね」

と、旭子が言った。

「やめてよ」

と、由利子が苦笑して、「そろそろ帰らなきゃ」

「怪しいね」

と、真由子が冷やかすように言った。「この三人組が行く所、事件ありだもの！」

解説

松田《まつだ》しのぶ
（編集者）

赤川次郎氏は、二〇〇七年で作家生活三十一年になるが、著作も五〇〇作に迫り、今もなおつぎつぎと多彩な作品を発表しつづけている。「三毛猫ホームズ」をはじめ、シリーズの作品も多く二十を超えている。本書『氷河の中の悪魔』は、花園学園の女子高校二年生の三人組、矢吹由利子《やぶきゆりこ》、桑田旭子《くわたあきこ》、弘野香子《ひろのきようこ》が活躍する「悪魔シリーズ」の八作目になる。シリーズの途中から、由利子の妹、真由子《まゆこ》・中学二年生が加わっているから、今は「三人組プラス一人」が主人公といえる。月刊「サスペリアミステリー」（秋田書店刊）に二〇〇六年一月号から二〇〇七年九月号に連載されたのち、光文社文庫に入った。

この長編シリーズはこれまでに七作が刊行されているが、花園学園の女子高生三人組が初めて登場したのは一九八〇年、短編「鏡の中の悪魔」で、学習雑誌の「高一コース」（学習研究社）に十一月号から一九八一年三月号まで連載された。そのとき、三人組は高校一年生だった（これは、徳間文庫『青春共和国』に収録されている）。その七年後の一九八八年四月、『灰の中の悪魔』が「高二V進学コース」で連載が始まった。高校二年生向けの雑誌なので、彼女たちは一年進級している。一年間連載後、一九八九年三月に学習研究社から新書判で刊行された。

翌年には、『寝台車の悪魔』、つづいて、『黒いペンの悪魔』、一年おいて、『雪に消えた悪魔』、一九九四年には『スクリーンの悪魔』が、学習研究社の雑誌に連載ののち、学習研究社から出版された。

そして、十年後、月刊「サスペリアミステリー」（秋田書店）誌に連載後、光文社文庫として、二〇〇四年に、シリーズ第六作の『やさしすぎる悪魔』が、その翌年の二〇〇五年には、七作目の『納骨堂の悪魔』が刊行された。第一作から第五作の作品も、光文社文庫に入っている。

本書『氷河の中の悪魔』の舞台は、スイス。というのは、前作『納骨堂の悪魔』でドイツ旅行中、奇妙な事件に巻き込まれ、由利子の妹・真由子が、銃で撃たれて足を負傷した。その「療養」のためにという、香子の「説得力」で校長先生からじきじきに一週間の滞在延長というお許しが出た。これ幸いとばかりに、四人は、アルプスの景観を楽しもうと、麓の町、インターラーケンにやってきたのだが、町のひとたちが動揺している。氷に閉じこめられた死体が、氷河から流れ着いていた。この氷づけの死体が、新しい四人の冒険のきっかけになったのである。

今回も、四人それぞれの持ち味を発揮して、探偵役をすることになる。由利子は、私立花園学園高校バレー部のエース。親分肌で、面倒見がいいせいか、どこに行っても、何かしらの事件に巻き込まれてしまう。わずか半月くらいしか年齢はちがわないのだが、香子には「お姉様」と呼ばれている。妹の真由子も、好奇心旺盛な点では他のだれにも負けない。旭子は、クラスの中では目立たないほうだが、役者志望。演技力は相当な水準で、四人の危機を救う場面もある。

香子は、大富豪の一人娘で、一人っ子。学校へ通うのも運転手付きベンツである。ほっそりとした色白の美少女だが、合気道やなぎなた、解錠術まで習得している。みんなが集めてきた情報をもとに、名推理を働かせる。事件の解決のためなら、お金も豪勢に使う。たとえば、ベンツごと壁にぶつけて、ベンツを壊してしまったり、電話一本で、周囲にあるホテルを全室押さえてしまったりする。

才気煥発なお嬢様だが、「鏡の中の悪魔」に、香子がベンツの運転手に話しかける場面がある。

「そう。――私みたいな子供をこうやって乗せて走ってて、腹の立つってことない？」

「でも……こんな小さい子供が高級車に乗って生意気な、とか、感じること、ない?」

「ございません」

「仕事だから?」

「いいえ、お嬢様のような方は、そういう席に、とてもしっくりとなじんでおられますから。これがにわか成金などですと、やたら横柄にいばり散らして……」

「いやでしょうね、そんなときは」


というように、香子は、聡明な少女だ。

ともかく、四人に共通するのは、本書『氷河の中の悪魔』の登場人物、山形健児からも、

「高校生とは思えない、機知と勇気の持主だそうだね」

と、言われているが、機知と勇気だ。

こうした、いつの世にも変わることのない、大切なことを、赤川次郎氏は、小説を通して伝えてくれる。

でも、あのお金はどうなっているんだろう、などと現実的に考えなくても、花園学園のなかよし四人組は、活字の上でのびやかに冒険をして、読者を物語の世界に誘ってくれる。大がかりな虚構なのに、由利子や旭子たちと一緒にいるような気がするのだ。プロの作家にな

っている人は大抵そうだろうが、赤川次郎氏も、若いころから、小説を書くのも好きだったろうし、古今東西のたくさんの小説を読み、それが蓄積されて、「作家赤川次郎」の骨格を作ったのだろう。その辺りの事情を、『愛蔵版　三毛猫ホームズの推理』（二〇〇六年光文社）の中で権田萬治氏（文芸評論家）と対談をされているので、一部分、引用してみたい。

権田　ドイツ文学系のものがお好きだったんですね。

赤川　ええ。

権田　たしか以前、トーマス・マンの『トニオ・クレーゲル』とか、ツヴァイクの『心の焦燥』がすごくお気に入りだとおっしゃっていました。

（中略）

権田　『トニオ・クレーゲル』は、特に青春小説的な印象が強いですね。

赤川　自伝的なものですね。僕は、中学校時代にヘッセをほとんど読みました。『ガラス玉演戯』だけは文庫がなくて、本が高くて買えなかったので読まなかったんですけど、それ以外はほとんど読みました。高橋健二さんの訳でね。ヘッセをほぼ読み終わってから、トーマス・マンを。

（中略）

赤川　「僕のころは、読書の好きな人間は、少なくとも学生のころに『若きウェルテルの悩み』とか、『罪と罰』とか、大体この辺は皆読んでいるよねというものがありました。

ところで、由利子、旭子、香子たちは、他のシリーズの主人公たちと同じように、十七年たっても高校二年生のままだが、赤川次郎氏には、読者と一緒に登場人物が年齢を重ねていく作品がある。光文社文庫オリジナルの［爽香シリーズ］で、一九八八年、『若草色のポシェット』で、主人公の杉原爽香が、十五歳の中学三年生から始まった。今年二〇〇七年九月には二十作目の『桜色のハーフコート』が出版された。

爽香は三十四歳。結婚し、子供はいないが、高齢者用マンション建設・運営のチーフという責任ある部署を任されている。それだけでも充分多忙なのに、爽香にはつぎつぎと難題がのしかかってくる。『桜色のハーフコート』の中に、部下の奥さんが、爽香を訪ねる箇所がある。

「じゃ、伺いますわ。——本当に、主人の言っていた通りの方ですね」

「ご主人、何とおっしゃってたんですか？」

「つい、親切に甘えたくなる人だと申していました」
「誰でも、そうしなきゃいられないときがあります」
と、爽香は言った。

爽香と花園学園の三人の女子高校生、赤川次郎氏の小説の主人公は、年齢も境遇もちがうが、どちらも人の善意に信頼をおいているという共通性がある。香子たちは世代も若く、のびのびと冒険をしているが、彼女たちの行動の原理は、爽香と同じように、最後まで人の善意に信頼をおいている点にある。そういうところに、読者はホッとしたり、勇気を与えられるのだと思う。

善意や勇気などというと、教訓的な物語のように感じられるかもしれないが、赤川次郎氏の小説はとても面白い。それは、ヨーロッパ文学に根づいていると思われる、ヒューマニズムの考え方からくるものだろうか。

本書のシリーズは、タイトルに「悪魔」がついているが、人間の中にある悪魔性を意味しているのだろう、登場人物は人間であって、悪魔ではない。だが、赤川次郎氏の「天使と悪魔」というシリーズには、ほんものの天使と悪魔が登場する。仮の姿は、可愛らしい少女マリと黒犬のポチ。マリもポチも、天使と悪魔のつとめを怠けていたので、「もっと人間のことを学んでくるように」と、人間界に送り出され、一緒に研修の旅をつづけている。人間を知らないと、天使にも悪魔にもなれないらしい。

本書『氷河の中の悪魔』にもどるが、スイスに足を伸ばした四人もそろそろ帰国するところでエンディングを迎えている。でも、「この三人組が行く所、事件ありだもの！」と、真由子に冷やかされているから、彼女たちの冒険は、まだまだつづくようで、とても楽しみである。

いろいろな雑誌で、ミステリーの作品を書き続けている赤川次郎氏であるが、数年前から、小説「闇からの声」シリーズを発表している。『悪夢の果て』（光文社文庫）や『教室の正義』（角川文庫）で、今、歴史が逆戻りしているような日本の現状に、赤川次郎氏は、小説という形でメッセージを発している。

これに関連したことだが、赤川次郎氏は、文芸評論家の秋山駿氏の「作家というものは、炭鉱夫が坑道に下りていくときに、一番先頭に掲げるカナリヤのようなものだ」という文章を引き、「いま私は、本当に息苦しくなるようなこの世の中で、自分が鳥かごの中のカナリヤの役目を果たしていかなければいけないと思っています」（岩波ブックレット『大人なんかこわくない』）とお書きになっておられる。深い感銘を受けた。

赤川次郎ファン・クラブ

三毛猫ホームズと仲間たち

入会のご案内

赤川先生の作品が大好きなあなた!〝三毛猫ホームズと仲間たち〟の入会案内です。年に4回会誌（会員だけが読めるショート・ショートも入ってる!）を発行したり、ファンの集いを開催したりする楽しいクラブです。興味を持った方は、必ず封書で、〒、住所、氏名を明記のうえ80円切手1枚を同封し、下記までお送りください。折り返し、入会の申込書をお届けします。（個人情報は、規定により本来の目的以外に使用せず大切に扱わせていただきます）。

〒112-8011
東京都文京区音羽1－16－6
㈱光文社　文庫編集部内
「赤川次郎F・Cに入りたい」の係

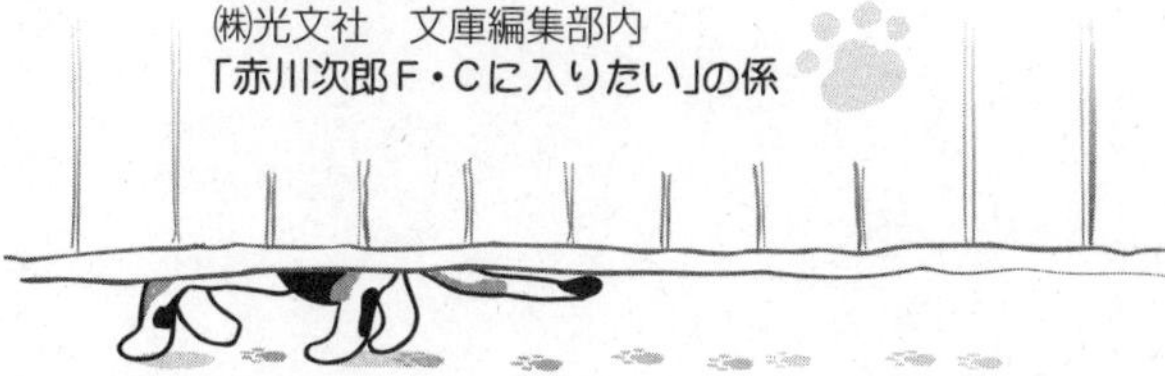

初出誌「サスペリアミステリー」（秋田書店刊）二〇〇六年一月号〜二〇〇七年九月号

光文社文庫

文庫オリジナル／長編ユーモア・ミステリー

氷《ひよう》河《が》の中《なか》の悪魔《あくま》

著者　赤《あか》川《がわ》次《じ》郎《ろう》

2007年12月20日　初版1刷発行

発行者　駒井稔
印刷　凸版印刷
製本　凸版印刷

発行所　株式会社　光文社
〒112-8011　東京都文京区音羽1-16-6
電話　(03)5395-8149　編集部
8114　販売部
8125　業務部

© Jirō Akagawa 2007
落丁本・乱丁本は業務部にご連絡くだされば、お取替えいたします。
ISBN978-4-334-74346-8 Printed in Japan

Ⓡ本書の全部または一部を無断で複写複製（コピー）することは、著作権法上での例外を除き、禁じられています。本書からの複写を希望される場合は、日本複写権センター（03-3401-2382）にご連絡ください。

お願い　光文社文庫をお読みになって、いかがでございましたか。「読後の感想」を編集部あてに、ぜひお送りください。

このほか光文社文庫では、どんな本をお読みになりましたか。これから、どういう本をご希望ですか。

どの本も、誤植がないようつとめていますが、もしお気づきの点がございましたら、お教えください。ご職業、ご年齢などもお書きそえいただければ幸いです。当社の規定により本来の目的以外に使用せず、大切に扱わせていただきます。

光文社文庫編集部

光文社文庫　好評既刊

夜　宴　愛川晶
カレーライスは知っていた　愛川晶
巫女の館の密室　愛川晶
ダイニング・メッセージ　愛川晶
白銀荘の殺人鬼　愛川晶 二階堂黎人
花夜叉殺し　赤江瀑
禽獣の門　赤江瀑
灯籠爛死行　赤江瀑
三毛猫ホームズの推理　赤川次郎
三毛猫ホームズの追跡　赤川次郎
三毛猫ホームズの怪談　赤川次郎
三毛猫ホームズの狂死曲　赤川次郎
三毛猫ホームズの駈落ち　赤川次郎
三毛猫ホームズの恐怖館　赤川次郎
三毛猫ホームズの運動会　赤川次郎
三毛猫ホームズの騎士道　赤川次郎
三毛猫ホームズのびっくり箱　赤川次郎

三毛猫ホームズのクリスマス　赤川次郎
三毛猫ホームズの幽霊クラブ　赤川次郎
三毛猫ホームズの感傷旅行　赤川次郎
三毛猫ホームズの歌劇場　赤川次郎
三毛猫ホームズの登山列車　赤川次郎
三毛猫ホームズと愛の花束　赤川次郎
三毛猫ホームズの騒霊騒動　赤川次郎
三毛猫ホームズのプリマドンナ　赤川次郎
三毛猫ホームズの四季　赤川次郎
三毛猫ホームズの黄昏ホテル　赤川次郎
三毛猫ホームズの犯罪学講座　赤川次郎
三毛猫ホームズのフーガ　赤川次郎
三毛猫ホームズの傾向と対策　赤川次郎
三毛猫ホームズの家出　赤川次郎
三毛猫ホームズの心中海岸　赤川次郎
三毛猫ホームズの〈卒業〉　赤川次郎
三毛猫ホームズの安息日　赤川次郎

光文社文庫　好評既刊

小豆色のテーブル　赤川次郎
銀色のキーホルダー　赤川次郎
藤色のカクテルドレス　赤川次郎
うぐいす色の旅行鞄　赤川次郎
利休鼠のララバイ　赤川次郎
濡羽色のマスク　赤川次郎
茜色のプロムナード　赤川次郎
虹色のヴァイオリン　赤川次郎
枯葉色のノートブック　赤川次郎
真珠色のコーヒーカップ　赤川次郎
灰の中の悪魔　赤川次郎
寝台車の悪魔　赤川次郎
黒いペンの悪魔　赤川次郎
雪に消えた悪魔　赤川次郎
スクリーンの悪魔　赤川次郎
やさしすぎる悪魔　赤川次郎
納骨堂の悪魔　赤川次郎

名探偵、大集合!　赤川次郎
名探偵、大行進!　赤川次郎
名探偵、大競演!　赤川次郎
いつもと違う日　赤川次郎
仮面舞踏会　赤川次郎
夜に迷って　赤川次郎
夜の終りに　赤川次郎
悪の華　赤川次郎
悪夢の果て　赤川次郎
授賞式に間に合えば　赤川次郎
万有引力の殺意　赤川次郎
ローレライは口笛で　赤川次郎
イマジネーション　赤川次郎
ビッグボートα（新装版）　赤川次郎
ひとり夢見る　赤川次郎
散歩道　赤川次郎
間奏曲　赤川次郎

光文社文庫　好評既刊

帝都探偵物語①　赤城毅
帝都探偵物語②　赤城毅
帝都探偵物語③　赤城毅
帝都探偵物語④　赤城毅
帝都探偵物語⑤　赤城毅
帝都探偵物語⑥　赤城毅
帝都探偵物語⑦　赤城毅
帝都探偵物語⑧　赤城毅
私が愛した木乃伊　赤城毅
帝都少年探偵団　赤城毅
紳士遊戯　赤城毅
秋日和　赤瀬川隼
全員集合でオールスターなのだ!!　赤塚不二夫
ママがいるからパパなのだ!!　赤塚不二夫
ハラペコだけどシアワセなのだ!!　赤塚不二夫
海軍こぼれ話　阿川弘之
赤道　明野照葉

女神　明野照葉
鎌倉・ユガ洞殺人水脈　浅黄斑
嘘猫　浅暮三文
実験小説ぬ　浅暮三文
三人の悪党 きんぴか①　浅田次郎
血まみれのマリア きんぴか②　浅田次郎
真夜中の喝采 きんぴか③　浅田次郎
見知らぬ妻へ　浅田次郎
不思議の国のアリバイ　芦辺拓
和時計の館の殺人　芦辺拓
赤死病の館の殺人　芦辺拓
殺しはエレキテル　芦辺拓
冬のスフィンクス　飛鳥部勝則
知床・羅臼岳殺人慕情　梓林太郎
一ノ俣殺人渓谷　梓林太郎
風炎連峰　梓林太郎
槍ヶ岳幻の追跡　梓林太郎

穂高殺人ケルン　梓 林太郎
殺人山行八ヶ岳　梓 林太郎
砂の山稜　梓 林太郎
蝶ヶ岳殺人事件　梓 林太郎
殺人山行燕岳　梓 林太郎
謀殺北穂高岳　梓 林太郎
屍たちの領域　梓 林太郎
殺人山行恐山　梓 林太郎
逆襲　東 直己
探偵くるみ嬢の事件簿　東 直己
札幌刑務所4泊5日　東 直己
古傷　東 直己
酔っ払いは二度ベルを鳴らす　東 直己
さらば愛しき女と男よ　東 直己
札幌深夜プラス1　東 直己
奇妙にこわい話　阿刀田高選
奇妙にとってもこわい話　阿刀田高選

とびっきり奇妙にこわい話　阿刀田高選
ますます奇妙にこわい話　阿刀田高選
やっぱり奇妙にこわい話　阿刀田高選
またまた奇妙にこわい話　阿刀田高選
奇妙におかしい話　阿刀田高選
奇妙におかしい話わくわく編　阿刀田高選
奇妙におかしい話どきどき編　阿刀田高選
ブラック・ユーモア傑作選　阿刀田高編
京都「洛北屋敷」の殺人　姉小路 祐
黄金の国の殺人者　姉小路 祐
走る密室　姉小路 祐
殺人方程式　綾辻行人
鳴風荘事件　綾辻行人
フリークス　綾辻行人
贈る物語Mystery　綾辻行人編
ペトロフ事件　鮎川哲也
人それを情死と呼ぶ　鮎川哲也

光文社文庫　好評既刊

準急ながら　鮎川哲也
戌神はなにを見たか　鮎川哲也
黒いトランク　鮎川哲也
死びとの座　鮎川哲也
鍵孔のない扉（新装版）　鮎川哲也
沈黙の函（新装版）　鮎川哲也
王を探せ　鮎川哲也
偽りの墳墓　鮎川哲也
朱の絶筆　鮎川哲也
消えた奇術師　鮎川哲也
悪魔はここに　鮎川哲也
ユグノーの呪い　新井政彦
写真への旅　荒木経惟
変！　おばさん忍法帖　嵐山光三郎
白い兎が逃げる　有栖川有栖
鬼子母像　泡坂妻夫
比翼　泡坂妻夫

蚊取湖殺人事件　泡坂妻夫
夜の草を踏む　安西水丸
ごろつき　家田荘子
抗争ごろつき　家田荘子
女たちの輪舞曲　家田荘子
女たちの遊戯　家田荘子
惚れたらあかん　家田荘子
女たちの夜会　家田荘子
恋のルール　家田荘子
女たちの恋歌　家田荘子
アマバルの自然誌　池澤夏樹
イラクの小さな橋を渡って　池澤夏樹 文　本橋成一 写真
ヒラリー・クイーン大統領への道　いしいひさいち
アイルランドの薔薇　石持浅海
月の扉　石持浅海
水の迷宮　石持浅海
家庭の事情　泉　麻人